화려한 귀환
FUSION FANTASTIC STORY
월문선 장편 소설

화려한 귀환 1

월문선 장편 소설

초판 1쇄 찍은 날 § 2014년 1월 22일
초판 1쇄 펴낸 날 § 2014년 1월 29일

지은이 § 월문선
펴낸이 § 서경석

편집부장 § 권태완
편집책임 § 이효남
디자인 § 이거일

펴낸곳 § 도서출판 청어람
등록번호 § 제1081-1-89호
등록일자 § 1999. 5. 31
어람번호 § 제1-1761호

주소 § 경기도 부천시 원미구 부일로 483번길 40 서경B/D 3F (우) 420-822
전화 § 032-656-4452 팩스 § 032-656-4453
http://www.chungeoram.com
E-mail § chungeorambook@daum.net

ISBN 978-89-251-3688-2 04810
ISBN 978-89-251-3687-5 (세트)

화려한 귀환

1

FUSION FANTASTIC STORY

월문선 장편 소설

도서출판 청어람

CONTENTS

프롤로그

어두운 밤하늘에 두 개의 달이 나란히 걸려 있다.

푸르게 빛나는 마력의 달, 마기아.

그리고 하얗게 빛나는 성력의 달, 비아투스.

"오늘 밤은 달빛이 좋구나."

푸른빛과 하얀빛이 쏟아지는 저택의 테라스에서 작은 목소리가 울려 퍼졌다. 목소리의 주인공은 희끗희끗한 흰머리와 하얀 수염을 가진 노인이었다.

그는 아련한 눈빛으로 밤하늘을 올려다보며 손에 든 술잔을 기울였다.

"내가 이 세계에 온 지도 어느덧 60년이 흘렀군."

노인은 술잔에 든 와인을 음미하며 씁쓸한 표정을 지었다.

대마법사 크라우스 폰 발렌시아.

이드레시안 차원계를 장악하려고 했던 마족들을 몰아낸 영웅이자 이스라이안 마법 왕국의 발렌시아 공작 가문의 가주.

하지만 정작 노인은 이 세계의 인물이 아니었다.

노인의 본명은 김현성. 현대 세계의 한국인이었던 것이다.

"참으로 얄궂은 일이 아닌가. 한 번 생명을 포기한 나에게 새로운 삶이 주어졌으니……."

노인은 쓴웃음을 지었다.

그가 아직 현대에 있을 때, 18살이라는 나이에 한 번 삶을 포기했다. 학교에서 매일같이 이어지는 괴롭힘을 감당하지 못했기 때문이다.

그래서 택한 것이 수면제를 이용한 자살이었다.

자신의 방에서 수면제를 복용하고 잠에 빠져든 현성은 다른 세상에서 깨어났다.

이스라이안 마법 왕국에 속한 발렌시아 공작 가문의 장남 크라우스라는 소년의 몸 안에서 정신을 차렸던 것이다.

크라우스는 자신과 여러모로 달랐다. 부자 집안에 엄격한 가족들, 그리고 마법적 재능까지.

노인은 머릿속에 남아 있던 크라우스의 기억을 토대로 이쪽 세계에 적응해 나갈 수 있었으며, 자신에게 주어진 기회를

착실하게 거머쥐었다.

하지만 오늘, 노인은 자신이 세상을 떠나야 할 때가 다가왔음을 느끼고 있었다.

"후회 없는 삶이었다."

이 세계에서 사랑하는 여인도 생겼고 자식들도 얻었다.

현대에서 누리지 못했던 온갖 부귀영화를 마음껏 누렸으며 원하는 것을 손에 넣기도 했다.

하지만 현실 세계의 가족들이 떠오르는 것은 어찌할 수 없었다. 원래 자신이 살던 현대에는 어려운 집안 살림이었지만 항상 다정하게 대해주었던 부모님들과 자신을 따르던 귀여운 여동생도 있었다.

크라우스의 부모들을 볼 때면 현대에 남겨두고 온 가족들의 모습이 자꾸만 떠올랐다.

"몹쓸 짓을 한 게지."

노인은 회한에 찬 목소리로 중얼거렸다.

60년 전, 자살을 결심했을 때 자신의 행동이 부모님들의 가슴에 대못을 박는다는 사실은 알고 있었다.

힘든 생활이었지만, 부모님들은 자신을 믿었으며 희망을 가지고 있었으니까.

그럼에도 불구하고 자신은 자살을 선택했다. 그리고 한 생을 마무리할 때가 된 지금, 노인은 뼈저리게 알 수 있었다.

자신의 선택이 얼마나 큰 불효이고 잘못이었는지를.

"하나, 후회는 하지 않는다."

비록 자살이 잘못된 선택이라는 사실은 알고 있지만, 그 선택 덕분에 지금의 자신이 있었다.

지금까지 살아온 크라우스로서의 삶을 부정할 생각은 없었다.

"다만……."

노인은 말꼬리를 흐렸다.

지금 노인에게 미련이 있다면 현대에 놔둔 가족들을 다시 만나서 죄송하다고 고개 숙여 사과하는 일이었다.

하지만 그럴 수 없다는 사실이 노인의 가슴을 무겁게 만들었다.

"어쩔 수 없는 일이지. 현대로 다시 돌아갈 방법을 알 수 없었으니……."

지난 세월, 현대로 돌아갈 방법을 찾아봤지만 도무지 알 수가 없었다. 애초에 자신이 어떻게 해서 크라우스의 몸 안에서 깨어났는지조차 알 수 없었으니 말이다.

결국 돌아가기를 포기한 노인은 이 세계에 눌러 앉기로 작정했다. 벌써 30년 전의 일이었다.

"그리고 마법의 끝을 보지 못했다는 사실이 참으로 아쉽구나."

그 말대로 노인은 살짝 아쉬운 표정을 지었다.

이 세계에 대해 알게 되었을 때, 몬스터나 오러를 다루는 검사들도 흥미로웠지만 노인에게 있어서 가장 놀라웠던 것은 단연 마법이라고 할 수 있었다.

현대에서 볼 수 없었던 마법이라는 신비한 현상에 매료되었던 것이다.

크라우스는 마법 왕국의 귀족 자제였으며, 마법적 재능도 모자람이 없었다.

마법을 배울 수 있는 여건은 충분하고도 넘쳤다.

그 덕분에 노인은 정신없이 마법에 몰입할 수 있었으며 그 결과, 살아생전 7클래스를 마스터하며 대마법사의 칭호를 획득할 수 있었다.

당시 7클래스 유저라면 몇 명 있었지만, 마스터는 노인뿐이었다. 또한, 임종 직전에 이른 현재 노인은 8클래스의 벽을 넘어서고 있었다.

"하지만 역시 9클래스는 무리인가……."

노인은 향년 78세.

비록 8클래스의 벽을 돌파했지만, 신의 경지라고 하는 9클래스는 요원했다. 무엇보다도 노인에게는 시간이 없었다.

"어차피 한 번 삶을 포기했던 나다. 크라우스로서 새 삶을 살았다는 사실에 감사해야겠지."

노인은 너털웃음을 터뜨렸다.

그 뒤에 가부좌를 틀고 자리에 앉았다. 이제 정말 떠나야 할 때였다.

'부디 다음 생은 지구에서 태어나기를⋯⋯.'

과연 이루어질 수 있을지 불투명한 소망을 하며 노인은 천천히 눈을 감았다.

대륙력 1984년.

이드레시안 차원계를 마족들로부터 지켜낸 영웅이자 대마법사 크라우스 폰 발렌시아 공작은 그렇게 자신의 저택에서 조용히 세상을 떠났다.

제 1 장
영웅의 귀환

이른 아침.

창가에서 비쳐 들어오는 여명 속에서 현성은 천천히 눈을 떴다. 익숙하지만 낯선 느낌의 천장이 보였다.

현성은 천천히 상체를 일으켜 세운 후 고개를 옆으로 돌렸다. 그러자 바로 옆에서 의자에 앉아 꾸벅꾸벅 졸고 있는 중년 여성의 모습을 볼 수 있었다.

"……."

현성은 한동안 그 여성을 멍한 눈으로 바라봤다. 어딘가 그리움이 느껴지는 여성이었다.

'어, 어머니?'

틀림없었다.

눈앞에 있는 여성은 이드레시안 차원계에서 오랜 세월 그리워하던 어머니였다.

'내가 지금 꿈이라도 꾸고 있는 건가?'

현성은 믿을 수 없다는 표정을 지었다. 그리고 자신이 기억하는 마지막 장면을 떠올렸다.

'난 분명히 저택에서 임종을 맞이했을 텐데…….'

현성은 놀란 눈으로 자신을 내려다봤다. 주름이 져 있던 손이 팽팽했다. 그리고 나른함 속에서도 몸에는 활력이 느껴졌다. 날로 쇠약해져만 가던 크라우스의 몸과는 다르게 말이다.

"이게 대체 어떻게 된 일이지?"

자신의 늙은 육체가 젊어져 있었다.

그 사실에 현성은 놀란 눈으로 주변을 둘러봤다.

불과 얼마 전까지 자신이 살던 세계와는 다른 양식의 방 풍경이 펼쳐져 있었다. 독특한 약품 냄새가 코를 찌르고 있었으며, 용도를 알 수 없는 기기들의 모습도 보였다.

눈앞에 펼쳐져 있는 풍경들을 바라보며 현성은 오래전 기억을 끄집어냈다.

"이곳은… 병실인가?"

아담한 크기의 방 안에 있는 설비들을 보면 자신이 그토록 돌아오고 싶어 했던 지구의 현대에 있는 병실이라고밖에 생각할 수 없었다.

하지만 현성은 쓴웃음을 지으며 고개를 흔들었다.

"현대 세계의 병실이라니. 있을 수 없는 일이지."

자신은 이드레시안 차원계 있는 저택에서 임종을 맞이했다.

그렇다면 분명 이곳은 사후 세계일 터.

"하지만 마지막으로 그리운 어머니를 보았으니 여한이 없구나."

현성은 눈앞에 있는 어머니를 복잡한 심정으로 바라봤다.

자신이 기억하고 있는 모습 그대로였다.

'조금 수척한 모습이군.'

60년 만에 보는 그리운 어머니의 모습에 현성은 마음속 깊은 곳에서 무언가 울컥 치솟는 기분을 느꼈다.

"어머니……."

현성은 자기도 모르게 어머니를 불렀다.

자신의 곁에서 졸고 있는 어머니를 보니 자꾸 눈물이 맺히려고 했다. 그리고 어머니에 대한 반가움과 죄송함이 물밀듯이 밀려왔다.

만약 자신이 정말로 현대 세계에 돌아온 것이라면 얼마나 좋을까?

하지만 부질없는 생각이었다.

이곳은 꿈이거나, 아니면 사후 세계일 테니까.

"으음……."

그때 어머니가 신음성을 흘리며 눈을 떴다.

현성과 어머니의 눈이 서로 마주쳤다. 어머니는 정신을 차리고 있는 현성을 한동안 멍한 눈으로 바라봤다.

그러더니 이내 눈시울을 붉히며 울음을 터뜨렸다.

"아이고 현성아! 드디어 깨어났구나!"

어머니는 이내 현성을 얼싸안으며 눈물을 흘렸다.

'뭐, 뭐지?'

갑작스러운 상황에 현성은 놀란 표정을 지었다.

너무나 현실 같았기 때문이다.

"자, 잠깐만 기다리거라. 내 빨리 가서 의사 선생님을 모셔 오마!"

그렇게 말한 어머니는 부리나케 병실 밖으로 나갔다.

홀로 남겨진 현성은 복잡한 표정으로 어머니가 나간 병실 문을 바라봤다. 그리고 조금 전 어머니의 온기를 떠올렸다.

"이곳은 정말⋯ 지구인 건가?"

현성은 의혹이 가시지 않은 표정으로 조용히 중얼거렸다.

"가벼운 기억상실 같습니다."

"예? 그럼 무슨 문제가⋯⋯."

"걱정하지 않으셔도 됩니다. 시간이 지나면 기억이 전부 돌아올 테니까요."

현성이 누워 있는 병실에서 의사와 현성의 어머니인 이주

영이 대화를 나누고 있었다.

의사는 모든 상황을 낯설어 하는 현성을 보고 가벼운 기억상실이라고 생각한 모양이었다. 그리고 어머니의 귓가에 입을 대고 작은 목소리로 말했다.

"수면제 중독의 후유증인 것 같습니다만, 너무 걱정하지 마십시오. 일시적인 증상일 뿐입니다."

"그, 그런가요?"

안심하라는 의사의 말에도 어머니의 얼굴은 퍼지지가 않았다. 하나밖에 없는 아들이 기억상실이라고 하니 걱정이 안 될 리 없었다.

"그럼 당분간 안정을 취하고 휴식을 시키도록 하십시오."

"예. 감사합니다, 의사 선생님."

어머니는 고개를 숙이며 감사를 표했다. 그러자 의사도 마주 고개를 끄덕인 후 병실을 나갔다. 의사가 병실 밖으로 나가자 어머니는 걱정스러운 얼굴로 현성을 향해 고개를 돌렸다.

"현성아, 괜찮니?"

"예, 괜찮아요. 어, 엄마."

현성은 어머니라고 부르려는 순간 엄마로 말을 고쳐서 불렀다.

'어색하군.'

현성은 속으로 쓴웃음을 지었다.

현대에서 자살을 시도하기 전까지 자신은 한 번도 어머니를 어머니라고 부른 적이 없었다. 아버지에게는 아버지라고 불렀지만 말이다.

"그, 그래?"

현성의 대답에 어머니는 어색한 미소를 지어 보였다.

어머니가 걱정스러워한 이유는 다름 아닌 현성에게 있었다. 과거의 현성은 지금처럼 점잖고 예의를 지키는 아이가 아니었던 것이다.

그 때문에 어머니는 조금 걱정스러웠다.

'의사 선생님은 괜찮다고 하셨지만……'

달라진 현성의 모습이 나쁘다는 것은 아니다.

단지, 평소에 하지 않던 행동을 하자 어머니라는 입장에서 조금 불안해졌을 뿐이었다.

하지만 그런 내색을 애써 숨기며 어머니는 웃는 얼굴로 입을 열었다.

"필요한 것이 있으면 뭐든지 말만 하렴."

"네."

어머니의 걱정스러운 말에 현성은 빙그레 웃으며 대답했다. 자신의 어머니가 무슨 생각을 하고 있는지 훤히 보였다.

현성은 나직한 목소리로 그녀를 불렀다.

"엄마."

"으, 응?"

"죄송해요."

"……"

그 한마디에 어머니는 잠시 침묵했다. 그리고 이내 눈물을 주르륵 흘렸다.

"혀, 현성아……. 으흐흑."

현성은 울고 있는 어머니의 품 안에 아무런 거부감 없이 안 겼다. 어머니의 따스함이 느껴졌다.

'지금 이 순간만큼은 꿈이 아니기를…….'

아직 자신이 정말 현대로 돌아온 것인지 아닌지 알 수 없었 다. 하지만 60년 만에 안긴 어머니의 품속은 아련한 그리움을 불러일으켰다.

그 속에서 현성은 자신도 모르게 한줄기 눈물을 흘렸다.

* * *

어느덧 현성이 병실에서 정신을 차린 지 하루가 지났다.

그동안 현성은 자신이 처한 상황을 파악하며 보냈다. 그리 고 몇 가지 사실을 알아낼 수 있었다.

"설마 현아가 나를 구해주었을 줄이야."

현성은 쓴웃음을 지었다.

수면제를 먹고 자살을 시도한 자신을 구해준 사람은 다름 아닌 여동생인 현아였다.

다행히 조기에 발견되었기 때문에 생명에는 지장이 없었으며, 현아의 빠른 신고 덕분에 현성은 무사히 병원으로 이송되었다고 한다.

"그리고 한 달간 혼수상태로 입원해 있었다라······."

현성은 이드레시안 차원계에서 60년이라는 세월을 보냈다. 하지만 이 세계에서는 고작 한 달이라는 시간이 흘렀을 뿐이었다.

"아무리 생각해도 믿기지 않는군."

현성은 고개를 흔들었다. 지금 상황을 믿을 수 없었다.

"게다가······."

현성은 눈을 감고 마나 서클에 정신을 집중했다.

하지만 그 어디에도 마나 서클은 느껴지지 않았다.

"설마 마나 서클이 사라졌을 줄이야······."

처음 그 사실을 알았을 때는 허탈감과 괴리감을 느꼈다.

마법은 현성에게 있어서 거의 전부라고 할 수 있었으니까.

하지만 만약 이곳이 현대라고 한다면 납득할 수 있었다. 현대의 자신이 마법을 배웠을 리 만무했으며, 애초에 현대에는 마법이 존재하지 않을 테니 말이다.

"그렇다면 나는 정말 지구로 돌아온 것이란 말인가?"

모든 상황을 보면 그렇게밖에 생각할 수 없었다.

하지만 여전히 믿기지 않았다.

자신이 현대로 다시 돌아오게 되었다니.

"당분간은 조금 더 지켜봐야겠군."

현성은 자신의 판단을 잠시 미루기로 결정했다.

*   *   *

현성이 병원에서 깨어나고 닷새가 되는 날.

의사의 진단 결과, 몸에 특별히 이상이 없다는 결과가 나왔다. 그 덕분에 현성은 병원에서 퇴원할 수 있었다.

'60년 만에 돌아오는 집인가?'

현성이 살던 집은 인천 계양동에 위치해 있는 2층 높이의 단독주택이었으며, 현재 1층에서 전세로 살고 있었다.

현성은 대문 앞에서 아련한 눈으로 집을 바라봤다. 오랜만에 자신이 살던 집을 보자 현성은 감회가 새로웠다.

'정말 지구의 현대로 돌아온 것이라면 좋겠구나.'

현성은 쓴웃음을 지었다.

"뭐하니? 안 들어오고?"

"예, 지금 들어갈게요."

먼저 집 안에 들어간 어머니의 목소리가 들려왔다.

현성은 곧바로 답하며 발걸음을 옮겼다. 그리고 집 안 거실에 있는 어머니를 향해 웃으며 말했다.

"그럼 전 이만 방으로 가서 쉬겠습니다. 엄마도 쉬세요."

"그러려무나."

현성은 웃으며 대답하는 어머니의 말을 뒤로 하고 자신의 방으로 들어갔다.

방 안은 깨끗했다.

'매일같이 청소를 해온 것인가……'

아무것도 아닌 일이었지만, 현성은 가슴 한편이 시큰했다.

자신의 방을 매일같이 청소를 해왔다는 말은, 자신이 깨어나기를 계속 기다려 주고 있었다는 소리였기 때문이다.

현성은 방 안에 있는 침대로 가서 누웠다.

어딘지 모를 포근함과 안도감이 느껴졌다.

그 속에서 현성은 졸음이 밀려왔다.

"꿈이라면 깨지 않기를……"

약 60년 만에 어머니를 만나고, 지구에서 자신이 살던 집으로 돌아왔다. 현성은 지금 이 상황이 꿈이 아니기를 바라며 눈을 감았다.

그날 저녁.

현성은 자신의 방 안에서 눈을 떴다.

그리고 조용히 침대에서 몸을 일으킨 후 잠이 덜 깬 얼굴로 주변을 둘러봤다.

"그대로군."

현성은 자신이 아직 방 안에 있다는 사실에 안도한 표정을 지었다.

자신이 병실에서 정신을 차린 지도 어느덧 6일이 지났다.

매일 잠에서 깨어나면 제일 먼저 주변을 확인했다. 자신이 아직도 현대에 있는지 확인하기 위해서였다. 그리고 6일이 지난 지금까지 현성은 이드레시안 차원계도 아니고 사후세계도 아닌 지구에 있었다.

그 때문에 현성은 점점 자신이 살던 지구의 현대로 돌아온 것이 아닌가 하는 생각이 들었다.

"만약 나에게 다시 한 번 삶의 기회가 온 것이라면……."

현성에게는 두 가지 미련이 남아 있었다.

하나는 현대의 가족들을 다시 만나는 일이었으며, 다른 하나는 마법의 끝을 보는 일이었다.

지금 현성은 자신이 살던 집으로 돌아와 있었다. 이제 곧 있으면 어머니뿐만이 아니라 아버지와 여동생도 볼 수 있을 것이다.

현성은 가족들을 다시 만날 수 있다는 생각에 결연한 표정을 지었다.

"이제 가족들을 고생시키는 일은 없어야겠지."

아니, 고생은커녕 호강을 시켜줄 생각이었다.

60년 전, 철없던 시절에 가족들의 속을 썩인만큼 이번에는 제대로 효도를 할 생각이었던 것이다.

자신이 가지고 있는 마법의 힘이라면 불가능한 일이란 있을 수 없었다.

마법을 사용해서 병을 고친다거나 다친 사람을 치료할 수 있으며, 아니면 마법의 힘으로 여러 사업 아이템을 만들어 이익을 창출하는 자신만의 조직을 만들 수 있었다.

그 외에도 마법으로 가족들을 도와줄 수 있는 일은 무궁무진했다.

남은 것은 이제 단 하나.

"마법의 끝을 보는 일이로군."

현성은 작은 미소를 지어 보였다.

크라우스의 생에서 끝을 보지 못한 마법의 길.

현성은 이미 병원에 있을 때 이 세계에 존재하는 마나에 대해 느꼈다.

이미 8클래스 대마법사의 경지에 올랐던 적이 있었던 터라 마나를 느끼는 일은 그리 어렵지 않았다.

하지만 이 세계에 존재하는 마나를 느낀 순간 현성은 실망감을 감출 수 없었다.

이드레시안 차원계와 비교한다면 마나, 즉 기(氣)라고 불러도 좋을 에너지가 미약했기 때문이다.

"과연 이쪽 세상에서 내 삶이 끝나기 전에 9클래스의 끝을 볼 수 있을지……."

현성은 혀를 찼다.

비록 마법을 배우며 얻은 깨달음이나 지식, 경험은 있었지만 마법의 근본이라고 할 수 있는 마나가 약해서는 그 무엇도

할 수 없었다.

"하지만 마나를 모으는 방법이라면 얼마든지 있지."

현성은 자신감이 넘치는 미소를 지었다.

다소 시간은 걸리겠지만, 방법이 완전히 없는 것은 아니었다. 시간이 지나면 해결할 수 있는 문제였다.

"뭐, 어디까지나 이 세계가 현실이었을 때 이야기지만."

현성은 살짝 쓴웃음을 지으며 중얼거렸다.

하지만 이 세계가 현실이라는 사실을 조금씩 인정하고 있었다.

"현성아~ 아버지 오셨다!"

그때 방문 밖에서 어머니의 목소리가 들려왔다.

"예, 지금 나갈게요!"

어머니의 말에 현성은 곧장 자신의 방을 나섰다.

아담한 크기의 거실.

"몸은 이제 어떠냐?"

걱정스러운 어조로 입을 열고 있는 사십대 후반의 사내가 있었다. 현성의 아버지인 김현준이었다.

어둠이 완전히 내린 밤늦은 시간에 현성의 가족들은 집안 거실에 모여 있었다.

그들은 평소보다 일찍 집에 들어왔다.

오늘은 현성이 퇴원한 날이었기 때문이다.

그동안 바쁘다는 이유로 가족들은 서로 대화를 가지 않았다.

그 때문에 아버지는 현성이 퇴원을 하게 되면 가족회의를 할 생각이었다.

"예. 보시는 대로 건강합니다. 걱정하지 마세요."

아버지의 질문에 현성은 애써 밝은 미소로 대답했다.

"그러냐."

현성의 대답에 아버지는 자신의 아들을 물끄러미 바라봤다.

현성이 자살을 시도했다는 사실은 그에게 있어서 충격적인 일이었다. 무엇보다도 한 달 만에 깨어난 현성은 변해 있었다.

항상 반항기 가득한 눈에 주눅이 든 표정으로 다니던 자신의 아들이, 예의가 있고 자신감으로 가득 차 있었던 것이다.

'기억상실 때문인가……'

아버지는 현성이 변한 이유가 부분적인 기억상실 때문이라 여겼다. 그 때문에 한 달 만에 깨어나서 퇴원을 한 자신의 아들에게 무슨 말을 하면 좋을지 고민이 되었다.

'주눅 들지 않은 모습을 보니 좋기는 한데, 걱정이군. 되도록 자살에 관한 기억을 떠올리지 않게 하는 편이 낫겠지.'

아버지는 현성을 물끄러미 바라봤다.

현성의 표정 그 어디에도 어두운 면이 없었다.

오히려 자신감이 가득한 표정으로 자신을 바라보며 걱정

하지 말라고 위로하고 있었다.

예전 같았으면 생각지도 못할 행동이었다.

아버지는 현성을 대견한 표정으로 바라보며 입을 열었다.

"현성아."

"예, 아버지."

"미안하구나."

아버지는 현성을 한번 강하게 껴안았다.

그는 현성이 자살이라는 극단적인 선택을 하기 전까지 가족을 돌보지 않았다. 아버지로서 역할을 하지 못한 것이다.

만약 자신이 조금이라도 현성에게 신경을 썼었다면 자살을 하지 않았을지도 몰랐다.

"그건 제가 할 말입니다, 아버지. 걱정을 끼치게 만들어서 정말 죄송합니다."

현성은 고개를 숙이며 말했다.

이드레시안 차원계에서 60년을 지내며 만약 다시 한 번 현대의 부모님을 만나면 하고 싶었던 말이었다.

그것을 드디어 이룬 것이다.

"녀석. 그렇게 말해주니 고맙구나."

아버지는 현성을 따스한 눈으로 바라봤다.

"아무튼 다시 건강히 돌아왔으니 난 더 이상 바랄 것이 없다. 당분간 집에서 쉬도록 해라."

"예."

아버지의 환대에 현성은 살짝 눈시울이 붉어지려 했다.

'꼭 효도할게요, 아버지.'

현성은 속으로 그렇게 다짐하며 한자리에 모여 있는 가족들을 바라봤다.

항상 고집스러운 표정으로 가족들을 부양하기 위해 밤늦게까지 시장에서 장사를 하시던 아버지.

걱정스러운 얼굴로 가족들의 뒷바라지를 해주던 어머니.

그리고 귀여운 막내 여동생 현아.

약 60년 만에 가족들과 다시 만나게 된 현성은 가슴이 떨려왔다.

'이제 잘해야지. 나 때문에 가족들이 고생을 많이 했으니……'

현성은 철이 없던 학창시절을 떠올렸다.

그 당시 자신은 부모님의 속을 많이 썩였다. 학교에서 생긴 불만을 집에다 푼 것이다.

하지만 이제는 가족들을 위해서 헌신할 생각이었다.

"흥. 그래도 자기 잘못은 알고 있나 보네. 죄송하다는 말이 나오는 걸 보면."

그때 지금까지 조용히 있던 현성의 여동생인 현아가 차가운 목소리로 한마디 툭 내던졌다.

그러자 어머니가 현아를 나무랐다.

"현아야! 오빠한테 그게 무슨 말버릇이니?"

"왜? 내가 뭐 틀린 말 했어? 우리가 저 인간 때문에 무슨 고생을 했는데!"

어머니의 말에 현아는 오히려 신경질적인 표정을 지으며 소리쳤다. 그런 현아의 언행을 두고 보지 못한 아버지가 엄한 얼굴로 입을 열었다.

"됐다. 그만해라."

"하지만, 아빠!"

"그만! 이미 지나간 일이지 않느냐. 그쯤 하거라."

"칫……."

그 말에 현아는 납득이 가지 않는 표정을 지으며 입을 꾹 다물었다. 그리고 현성을 쏘아본 후, 자기 방으로 들어갔다.

"……."

현아의 차가운 행동에 현성은 착잡한 표정을 지었다.

하지만 그럴 수밖에 없었다.

지금 현성의 가족은 빚을 떠안고 있었다.

현성이 자살을 시도하고 병원에 한 달간 입원한 탓이었다.

가뜩이나 부모님이 하시는 장사가 잘되지 않고 있는 마당에 현성의 자살 소동까지 빚어지자, 집안이 확 기울어져 버린 것이다.

빚만큼은 절대 지지 않고 살아가려 했던 가족들은 현성의 병원비를 대기 위해서 어쩔 수 없이 빚을 질 수밖에 없었다.

그 때문에 현아는 힘든 집안에 도움은 되지 못할망정, 걱정만 끼치고 집안을 힘들게 만든 현성을 원망하고 있었다.

하지만 그 사실을 현성은 아직 모르고 있었다.

"무슨 일이 있었습니까?"

현성은 살짝 굳은 표정으로 부모님을 바라봤다. 그러자 아버지가 아무 일도 아니라는 얼굴로 입을 열었다.

"네가 신경 쓸 일이 아니다. 그보다 학교는 어떻게 할 생각이냐?"

아버지의 말에 현성은 웃으며 대답했다.

"당연히 나가야지요. 필요하다면 내일 당장에라도요."

"나, 나간다고?"

"예."

아버지는 놀란 표정으로 현성을 바라봤다.

설마 병원에서 퇴원하자마자 바로 등교를 하겠다고 할 줄이야.

"아, 아무리 그래도 그렇지 내일은 무리지 않니? 한 며칠 쉬다가 나가는 편이……."

조용히 대화를 지켜보던 어머니가 걱정스러운 어조로 말했다. 그러자 아버지도 어머니의 말을 거들었다.

"그래. 네 엄마 말이 맞다. 병원에서 퇴원한 지 얼마 되지도 않았는데 학교에 나가는 건 아직 이른 것 같구나. 당분간 요양이나 하면서 몸조리나 잘하고 있어라. 학교 쪽은 신경 쓰지 말고."

"예……."

그 말에 현성은 마지못한 목소리로 대답했다.

그리고 조금 전 현아가 한 말도 신경이 쓰였다. 자신이 정신을 잃고 지냈던 한 달간 가정에 무슨 일이 생긴 모양이었다.

'나중에 자세히 알아봐야겠군.'

현성은 후일을 기약했다.

지금 당장은 해야 할 일이 많이 있었으니 말이다.

그렇게 밤늦은 가족회의는 끝이 났다.

*　　　*　　　*

다음날 이른 아침.

현성은 자신의 방에서 눈을 떴다.

"아침인가……."

아직 잠에서 덜 깬 얼굴로 현성은 침대에서 일어났다.

그리고 주변을 둘러봤다. 어젯밤과 아무것도 달라진 모습이 없는 자신의 방 안 풍경이 눈에 들어왔다.

"역시 나는 지구로 돌아온 모양이구나."

짧은 한마디였지만, 그동안의 고뇌가 묻어나오는 말이었다.

그토록 돌아오고 싶었던 현대의 지구.

약 일주일을 이쪽 세상에서 지내온 현성은 이제 자신이 있는 세계가 현대의 지구이고 현실임을 인정했다. 아니, 지금 이 상황이 현실이 아니라 환상이라도 좋았다.

이 세계에는 그토록 보고 싶어 하던 가족들이 있었으니까.

"만약 내가 정말 지구의 현대로 돌아온 것이라면……."

분명 이유가 있을 것이다.

자신이 현대로 다시 돌아오게 된 이유가.

"이 세상에 우연이란 없지. 있다면 필연뿐."

8서클을 마스터할 때, 현성이 깨달은 사실 중 하나였다.

우연처럼 보여도, 모든 일에는 이유가 있었다.

불교에서 옷깃만 스쳐도 인연이라고 말하는 것처럼.

그 때문에 현성은 자신이 이드레시안 차원계로 오게 된 이유가 마족들로부터 세계를 구함이 아니었을까 생각하고 있었다.

현성이 몸을 차지한 크라우스라는 소년은 확실히 마법적 재능은 있었지만 심약한 성격인 데다가 마법 자체에 흥미가 없었다.

만약 현성의 의식이 아니라 크라우스 본인의 의식이었다면 마족들의 공격을 막아낼 수 없었을 것이다.

마족들이 침공을 해올 당시 현성처럼 7클래스를 마스터하지 못했을뿐더러, 무엇보다 심약한 성격의 크라우스가 마족들과 제대로 싸울 수 있을 리 없었을 테니까.

"그나저나 정말 이곳이 지구라면 할 일이 많겠군."

현성은 쓴웃음을 지었다.

지구에서 자신은 한 달 만에 깨어났다.

그동안 뒤처진 학교 공부를 해야 했으며, 자신의 오랜 숙원인 9클래스를 마스터하는 일과 가족들을 위해 돈을 벌려면 지금 당장 마법 수련을 시작해야 했다.

그나마 다행인 점은 본래대로라면 복학 절차를 거치고 당장 내일부터라도 학교에 갈 생각이었지만 아버지 덕분에 복학 시기를 늦출 수 있었다는 사실이었다.

학교에 나가기 전까지 어느 정도 시간이 생긴 것이다.

"우선은 마법 수련부터 시작해야겠군."

어느 정도 마력을 회복하고 기본적인 마법을 쓸 수 있게 되면 학교 공부에도 도움을 줄 수 있게 된다.

마법의 경지에 따라 육체도 변화하기 때문이다. 특히 두뇌가 비약적으로 활성화되며, 암기력과 이해력이 높아지니까.

"문제는 대기 중의 마나가 미약하다는 것인데……."

이드레시안 차원계였다면 비교적 손쉽게 서클을 올릴 수 있었다. 하지만 마나가 빈약한 현대에서는 아무리 현성이라고 해도 마법 수련에 차질을 빚을 수밖에 없었다.

"하나, 마나가 모이는 장소만 찾을 수 있다면 상위 서클을 마스터하는 일도 불가능하지 않을 터."

이드레시안 차원계에는 마나 포인트라고 불리는 지점이 있다. 고농도로 마나가 모이는 장소다.

현성은 현대에서도 이드레시안 차원계처럼 마나, 즉 기운이 집중적으로 모이는 장소가 있다는 사실을 은연중에 느끼고 있었다. 그리고 최소한 마법진을 구동시킬 정도의 마력을 회복한다면 마법 수련에 큰 도움이 될 터였다.

마나 포인트처럼 자동적으로 마나를 모아주는 마법진이 있었으니까.

"일단 하위 서클만이라도 회복시켜야겠군."

1서클을 마스터만 해도 그 다음부터는 큰 힘을 들이지 않고 서클을 회복시켜 나갈 수 있었다.

마법진의 도움을 받으면 될 일이니 말이다.

문제는 그보다 더 위에 있는 상위 서클을 마스터하는 일이지만, 그건 나중에 생각할 문제였다.

"그리고……."

마법 수련에 관해 생각 중이던 현성은 방 안을 한번 슥 둘러봤다. 방 안 벽장 속에서 존재감을 과시하고 있는 책들이 보였다.

"학교 공부도 빼놓을 수 없는 일이지."

수학의 정석, 성문 기본 영어, 물리, 화학, 국사 등등.

현성이 현대에서 혼수상태였던 기간은 한 달.

하지만 이드레시안 차원계에서 현성은 60년의 세월을 보냈다. 당연히 현대 고등학교의 교과 내용들을 기억하고 있을 리 없었다. 벌써 오래전에 다 잊어버린 것이다.

"하나……."

비록 학교 교과 과정들을 대부분 잊었다고는 하지만, 현성에게는 마법뿐만이 아니라 방대한 지식과 경험이 있었다.

또한, 수학의 경우는 이미 고등학교 수준을 벗어났다고 봐야 했다. 마법 구동을 위한 연산이나 캐스팅은 수학과 깊은 관계가 있으니 말이다.

8클래스 유저인 현성에게 고등학교 수학은 문제가 아니었다.

"당분간 정신이 없겠군."

마법 수련과 학교 공부.

이 두 가지를 병행해야 한다는 생각에 현성은 살짝 쓴웃음을 지었다.

"그건 그렇고 문제는 학교인가……."

현성은 앞으로 해야 할 일들을 떠올렸다.

한 달간 입원 생활을 하느라 학교를 나가지 않았기 때문에 빨리 나가야 했다. 결석 일수가 수업 일수의 3분의 1을 넘기면 유급을 해야 하기 때문이다.

"그리고 보니 학교에는 그 녀석이 있겠군."

현성은 피식 웃음을 흘렸다.

학교에는 자신을 자살로 몰아가게 만든 동기를 제공한 인물이 있었다.

어째서 자신은 그 녀석 때문에 자살을 선택하게 된 것인지.

지금 와서 생각하면 쓴웃음이 절로 나올 뿐이었다.

'그때는 내가 생각이 짧았었지.'

만약 그때 자신이 잘못된 선택을 하지 않았다면 가족들을 걱정시키는 일은 없었을 것이다.

'하지만 그 덕분에 새로운 기회가 생기지 않았던가.'

자살을 시도한 자신은 이드레시안 차원계에서 크라우스라는 소년으로 새로운 삶을 살게 되었다. 그리고 지금은 다시 지구의 현대로 돌아와 있었다.

"문제는 그 녀석이 어떻게 나오느냐인데… 분명 예전과 다를 바 없겠지?"

분명 복학을 하게 되면 그 녀석은 이전처럼 자신을 대할 터.

하지만 지금의 자신은 예전과 달랐다. 마법뿐만이 아니라 방대한 지식과 경험이 있었으니까.

"복학할 때가 기대되는군."

현성은 슬며시 입가에 미소를 머금었다.

제 2 장
다시 만난 악연

"……."

따스한 햇살이 내려오는 오전.

아침부터 집을 나선 현성은 조용히 길을 걷고 있었다.

집을 나오기 전, 부모님들이 현성을 말리기는 했지만 재활
훈련을 위해 산책을 하고 오겠다는 말에 승낙을 받아냈다. 덕
분에 현성은 이렇게 바깥으로 나올 수 있었다.

"아무것도 변하지 않았구나."

흐릿한 기억 속의 거리와 일치하는 길을 바라보며 현성의
눈빛은 깊어갔다.

그렇게 향수에 젖은 눈으로 주변 거리를 둘러보며 길을 건

던 현성은 목적지인 수목원에 도착했다.

현성이 수목원에 온 이유는 다름 아닌 마법 수련을 하기 위함이었다. 1서클을 마스터하기 위해 답답한 방 안보다는 그래도 수목원처럼 넓고 공기도 깨끗한 장소가 훨씬 낫다는 생각 때문이었다.

아직 이른 아침이라 그런지 수목원에는 사람이 거의 보이지 않았다.

"나쁘진 않군."

제법 규모가 큰 수목원을 바라보며 현성은 만족스러운 미소를 지었다. 확실히 수목원이 산 속에 있는 탓인지는 몰라도 도심 속보다 훨씬 나았다.

현성은 수목원 안에 있는 산책로를 조용히 눈을 감고 걸었다. 새들이 지저귀는 소리가 귓가에 들려오고, 청량한 바람이 스쳐 지나간다.

그리고 미약하지만 대자연의 마나를 전신으로 느낄 수 있었다. 그 속에 몸을 내맡긴 채 현성은 천천히 발걸음을 옮겼다.

얼마나 시간이 지났을까.

어느덧 현성은 발걸음을 멈추며 눈을 떴다.

그러자 울창한 산림 속에 작은 공터가 하나 있는 것이 보였다. 산책로에서 벗어난 모양인지 인기척도 느껴지지 않았다.

"이건……?"

하지만 현성은 느낄 수 있었다.

지금 자신의 눈앞에 있는 장소에서 느껴지는 마나를.

"설마 집 근처에서 이런 장소를 찾게 될 줄이야."

비록 현성이 원하는 수준만큼은 아니었지만 어느 정도 집중되어 있는 마나가 느껴졌다.

생각지도 못하게 마음에 드는 수련 장소를 찾게 된 현성은 만족스러운 미소를 지었다.

"이곳이라면 1서클을 마스터하는 데 오래 걸리진 않겠군."

현성은 이미 한 번 마법의 길을 지나왔다. 그리고 마법사라면 누구나 꿈에 그리는 8서클을 이룩했다.

어느 정도 여건만 충족된다면 예전과는 비교도 안 되는 속도로 경지를 이룰 수 있었다.

"그럼……."

현성은 주변을 둘러봤다.

산책로에서 벗어난 장소인 탓에 인기척은 느껴지지 않았다.

주변에 사람이 없다는 사실을 확인한 현성은 비교적 평평한 자리를 찾아 가부좌를 틀고 앉았다. 그리고 본격적으로 마나를 느끼기 위해 집중을 하기 시작했다.

그러자 공터를 맴돌고 있는 마나가 확연히 느껴졌다.

현성은 천천히 호흡을 가다듬으며 마나를 자신의 몸 안으로 유도시켰다.

현재 현성이 가장 필요한 것은 대기 중의 마나를 몸 안에 끌어들여서 서클을 만드는 일이었다. 그리고 서클이란 단전을 감싸고 있는 마나로 이루어진 끈이라고 할 수 있었다.

단전은 총 세 개가 있으며, 각각 하단전, 중단전, 상단전이라 칭한다.

또한, 하단전에는 마나로 이루어진 끈을 세 개까지 만들 수 있으며, 중단전에는 네 개, 상단전에는 한 개를 만들 수 있다.

즉, 1서클에서 3서클까지는 하단전, 4서클에서 7서클까지는 중단전, 8서클은 상단전에서 만든다는 소리다.

하지만 마지막 9서클에 대한 정보는 아직 없었다.

인간의 몸으로 9서클까지 이른 마법사가 없었기 때문이다. 아니, 애초에 8서클에 다다른 마법사조차 이드레시안 차원계 역사상 몇 되지 않았다.

그 몇 안 되는 8서클 대마법사 중에 한 명이 바로 현성이었으며, 마법의 구동원리나 지식 그리고 깨달음을 비롯한 경험들은 현성의 머릿속에 확실히 새겨져 있었다.

그 때문에 마나만 충분하다면 지금 당장에라도 마법 구현이 가능했다.

그것이 설령 8클래스 마법이라 할지라도.

그리고 여기서 클래스란 각 서클의 마법을 의미하며, 아쉽게도 현성은 이드레시안 차원계에서 살아생전 8클래스 마법을 마스터하지 못한 채 세상을 떠났다.

　즉, 이드레시안 차원계에서 현성은 8클래스 유저라고 할 수 있었다.

　'우선 할 수 있는 데까지 해봐야겠군. 적어도 학교에 나가기 전까지 1서클을 마스터하면 좋을 텐데 말이야.'

　1서클 마스터는 현성이 설정한 최소 목표였다.

　가능하다면 학교에 나가기 전까지 하단전에 세 개의 서클을 완성할 생각이었다.

　그렇게 하려면 부지런히 마나를 모아야 했다.

　지금은 맨땅에 헤딩하듯 마나 서클 수련을 해야 했지만, 어떻게든 1서클만 완성하면 그 다음부터는 마법진의 힘을 빌어서 3서클까진 무난하게 마스터할 수 있었다.

　그렇게 현성이 수련을 시작하자, 그의 주변으로 작은 동물들이 모여들기 시작했다. 현성의 어깨에 올라앉는 새들이 있는가 하면, 무릎에 올라타는 다람쥐들도 있었다.

　그들은 현성이 두렵지도 않은지 친근하게 주변을 맴돌아 다녔다.

　하지만 정작 현성은 자연과 동화한 채, 무아지경에 빠져 있었다. 그 때문에 자신의 주변에 동물들이 모여 있다는 사실을 깨닫지 못했다.

　그렇게 현성의 수련은 산 속의 동물들과 함께 시작되었다.

　　　　　*　　　　*　　　　*

　　시간은 유수와 같다고 했던가.

　　어느덧 현성이 마법 수련을 시작한 지도 보름이 지났다.

　　그동안 현성은 최소 목표인 1서클을 마스터한 것은 물론 2
서클까지도 마스터한 상태였다. 그리고 현재 3서클 마스터를
목전에 두고 있었다.

　　전부 현성이 고안한 마법진 덕분이었다.

　　현성은 수련을 시작하고 열흘이 지난 시점에 1서클을 마스
터했다. 이드레시안 차원계였다면 이틀도 걸리지 않았을 테
지만 현대에서는 대자연의 마나가 부족했기 때문에 시간이
좀 더 걸렸다.

　　하지만 그것도 8클래스의 경지에 든 현성이었기 때문에 가
능한 일이었다. 만약 일반인이었다면 아무리 이드레시안 차
원계에서 수련을 한다고 해도 1서클을 마스터하는 데 수개월
은 족히 넘게 걸릴 것이다.

　　그렇게 1서클을 마스터한 현성은 다음 단계로 넘어갔다.

　　바로 마법진을 이용한 수련법이었다. 거기다 현성은 보다
효율적인 수련을 위해 마법진을 새롭게 고안해냈다.

　　기존에 마나를 모아주는 마법진을 조금 더 개량해서 아예
마나를 흡수하고 저장하는 것으로 바꾼 것이다.

　　쉽게 설명하자면, 마법진을 땅에 그려서 발동시키면 끊임

없이 자동적으로 주변 마나를 모은다. 현성이 수련을 하는 낮은 물론이거니와, 수련을 하지 않는 밤에도 말이다.

즉, 하룻밤 동안 마법진은 지속적으로 마나를 축적하고 있다는 소리였다. 그리고 마법진을 그려둔 장소도 한두 군데가 아니었다.

2서클을 마스터한 다음부터는 투명화 마법을 쓸 수 있었기 때문에 현재 수련 장소 외에도 마나가 모이는 곳을 찾은 뒤에 마법진을 그려 두었다.

그리고 일반인이 볼 수 없도록 투명화 마법을 시전하고, 주변에 있는 흙이나 나무로 위장해 두었다. 마법진은 일종의 마나 회로와 같은 것이었기 때문에 흙이나 나무로 덮는다고 해서 손상이 가거나 하는 일은 없었다.

그렇게 수련법을 바꾼 후, 현성이 할 일은 하룻밤 동안 마법진이 축적한 마나를 현성이 흡수하러 수목원 내부를 돌아다니는 것뿐이었다.

사람이 있는 장소에서는 선 채로 마법진의 마나를 흡수했으며, 사람이 없는 장소에서는 편하게 앉아 마법진의 마나를 흡수했다.

그 덕분에 지금 현성은 2서클을 마스터한 지 며칠 되지 않아 3서클 마스터를 바라보고 있었다.

"이대로 간다면 3서클도 얼마 걸리지 않겠지."

현성은 만족스러운 미소를 지으며 눈을 떴다.

그런 현성의 주변에는 작은 동물들이 옹기종기 모여 앉아 있었으며, 어깨나 머리 위에서 잠시 날개를 접고 쉬고 있는 새들도 있었다. 현성을 중심으로 상쾌하고 맑은 기운이 은은하게 흘러나오고 있었기 때문이다.

"……."

그 모습을 본 현성은 흐뭇한 미소를 지으며 말없이 동물들을 향해 손을 내밀었다. 그러자 다람쥐 한 마리가 손 위를 즐겁게 노닐며 뛰어다니는 것을 시작으로 작은 동물들이 현성의 주위를 맴돌기 시작했다.

하지만 그것도 잠시.

현성은 천천히 자리에서 몸을 일으켰다.

"미안하지만 이만 가야겠구나. 다음에 보자."

주위에 모여 있는 동물들을 향해 현성은 따스한 목소리로 말했다. 그러자 놀랍게도 동물들은 현성을 올려다보며 한 목소리로 울음소리를 내더니 이내 산속으로 사라져 갔다.

"그럼 오후 수련을 위해서라도 이만 돌아가 볼까."

현재 현성은 오전에는 마법진에서 마나를 흡수하고, 오후에는 인적이 뜸한 장소에서 이드레시안 차원계를 전전하며 배웠던 전투 기술들을 조금씩 익히고 있었다.

그중에서 현성이 중점적으로 익히고 있는 기술은 마나를 이용한 육체강화술, 레이포스였다.

본래 마법사들은 마나를 이용해서 육체를 강화시키거나

하지 못한다. 그들이 쓰는 마나는 오로지 마법 구현만을 위해서 존재했다.

마나를 이용해서 신체 능력을 극대화시키는 기술은 오로지 검사나 기사만의 전유물이었다.

하지만 그것을 현성은 나름대로 개량하여 마법사의 서클 마나를 사용한 육체강화술을 만들었다.

그것이 바로 레이포스이며, 검사나 기사 못지않게 근접 전투를 하는 현성을 보고 사람들은 배틀 매지션이라고도 불렀다.

그 외에도 현성이 자체적으로 개발한 마법이나 전투술도 있으며, 그 덕분에 이드레시안 차원계에서는 마법의 전성기를 이룰 수 있었다.

"인비지빌리티."

현성은 마법진에 2서클 투명화 마법을 걸었다.

영구적인 마법이 아니었기 때문에 하루에 한 번씩은 걸어 줘야 했다.

그렇게 마법진을 다시 한 번 숨긴 현성은 집으로 돌아갈 채비를 서둘렀다. 조금이라도 시간이 늦어지면 어머니께서 걱정하실 테니까.

집으로 돌아가는 현성의 발걸음은 가벼웠다.

*   *   *

"아, 이 자식 진짜 말귀를 못 알아먹네."

"야야, 그만해라. 놀라서 울려고 그러잖냐."

"울든 말든 뭔 상관이야. 돈만 제대로 뜯어내면 되지."

집으로 돌아가던 현성이 으쓱한 골목길을 지나려고 할 때였다. 골목길 안에서 심상치 않은 목소리가 들려왔다.

'뭐지?'

골목길 앞에서 멈춰 선 현성은 무의식적으로 목소리가 들려온 곳을 바라봤다. 그리고 그곳에 후드티를 눌러쓰고 있는 세 명이 누군가를 둘러싸고 있는 모습이 보였다.

'동네 불량배들인가 보군.'

현성은 살짝 눈살을 찌푸렸다.

어디를 가나 저런 녀석들은 꼭 있었다.

자신보다 약한 자들의 등골을 빼먹으려고 하는 쓰레기 같은 놈들 말이다.

그때 현성의 눈에 양아치들에게 갈굼을 당하고 있던 사람의 모습이 보였다. 심약해 보이는 인상에 평상복 차림을 한 고등학생이었다.

'그러고 보니 오늘은 일요일이었지.'

고등학생의 손에 들려 있는 음료수와 과자가 든 비닐봉지를 보아, 마트에 갔다 오다가 양아치들에게 봉변을 당한 듯했다.

나이는 현성의 또래로 보였으며 겁에 질린 표정을 짓고 있었다.

"헉!"

이리저리 눈을 굴리며 주변을 살피던 소년은 골목길 밖에 서 있는 현성을 바라보더니 이내 놀란 표정을 지었다.

"귀, 귀신……!"

"뭐, 뭐야?"

"이놈이 미쳤나, 갑자기 뭔 소리야?"

양아치들은 눈을 부라리며 소년을 노려봤다.

하지만 소년은 멍한 눈으로 현성이 있는 쪽을 바라보고 있을 뿐이었다. 자연스럽게 양아치들의 시선도 현성을 향했다.

"저놈은 또 뭐야?"

"아, 일 참 꼬이게 만드네. 야, 형들이 좋게 말할 때 그냥 꺼져라. 알겠냐?"

현성을 발견한 양아치들은 인상을 꾸기며 소리쳤다.

그런 그들을 향해 현성은 나직한 목소리로 한마디 했다.

"가정교육이 안 된 놈들이로군."

"뭐?"

"저게 미쳤나?"

현성의 말에 양아치들은 입에 거품을 물었다. 그리고 양아치 중 두 명이 현성을 향해 달려왔다.

"너, 이 새끼 어디 한번 아가리 좀 털려 봐라!"

현성에게 접근한 양아치 중 한 명이 다짜고짜 주먹을 휘둘렀다. 양아치의 주먹은 정확히 현성의 턱을 노리고 있었다.

"흥."

하지만 그 공격을 현성은 스르륵 한걸음 뒤로 물러서며 가볍게 피해냈다. 그러자 양아치는 약이 오른 표정으로 현성을 노려보며 소리쳤다.

"이 건방진 놈이 어디서 개겨! 죽고 싶냐!"

양아치는 다시 한 번 공격을 하기 위해 자세를 잡으려고 했다. 그 틈을 놓치지 않고 현성은 앞으로 나서더니 슬쩍 양아치의 다리를 걸어찼다.

"어억!"

무게 중심이 한쪽 다리에 집중되어 있던 양아치는 공중을 한 바퀴 돌며 골목길 바닥 위를 나뒹굴었다.

갑작스럽게 당한 일이라 제대로 낙법조차 못한 양아치는 골목길 바닥 위에서 꼼짝도 하지 않았다.

"우선 하나."

은연중에 레이포스를 활성화하여 신체 능력을 끌어올린 현성에게 양아치들이 상대가 될 리 없었다.

현성은 아직도 무슨 일이 일어났는지 파악하지 못한 얼굴로 서 있는 다른 양아치 한 명에게 빠른 속도로 접근했다. 그리고 제대로 반응도 하지 못하는 양아치의 턱을 가볍게 주먹으로 툭 올려쳤다.

"어, 어?"

그러자 양아치는 어리둥절한 목소리를 남기며 털썩 주저앉았다. 양아치는 자리에서 일어나려고 용을 써봤지만 의지와는 반대로 몸은 움직여 주지 않았다. 턱을 맞은 탓에 가벼운 뇌진탕 증세에 빠진 것이다.

"둘."

눈 깜짝할 사이에 양아치 두 명을 쓰러뜨린 현성은 산책이라도 하는 것처럼 가벼운 걸음걸이로 혼자 남은 양아치를 향해 다가갔다.

그 모습이 양아치의 눈에는 마치 귀신처럼 보였다.

"너, 넌 대체 뭐하는 놈이냐? 우리한테 이런 짓을 하고도 무사할 줄 알아?!"

마지막으로 남아 있는 양아치는 악을 쓰며 소리쳤다. 그는 눈 깜짝할 사이에 자신의 친구들이 쓰러졌다는 사실이 믿기지 않았다.

한편 자신을 협박하는 양아치의 귀여운 모습에 현성은 피식 웃으며 대꾸했다.

"아직 머리에 피도 안 마른 녀석들이……."

"이, 이 자식이……!"

"아직 실랑이를 벌일 여력이 있을 때 저놈들 데리고 집에 가서 발이나 닦고 잠이나 자라."

"큭!"

양아치는 인상을 구겼다. 하지만 그뿐이었다. 힘의 차이는 명백했다.

결국 마지막 남은 양아치는 골목길 바닥에 쓰러져 있는 친구 두 명을 부축하며 몸을 일으켰다.

"너 이 자식, 두고 보자!"

"흥."

상투적인 대사를 남기며 골목길에서 사라지는 양아치들을 바라보며 현성은 코웃음을 쳤다.

'남은 건……'

현성은 조금 전 양아치들에게 괴롭힘을 당하던 소년을 바라봤다. 그러자 소년은 두려운 표정을 지으며 입을 열었다.

"너, 넌 혹시 현성이?"

"호오? 날 알고 있나?"

현성의 말에 소년의 얼굴이 새파랗게 질렸다.

"여, 역시 귀신! 우와아아악!"

그 한마디를 남긴 소년은 몸을 돌리더니 줄행랑을 쳤다.

"……"

생각지도 못한 상황에 현성은 잠시 침묵했다.

위기에서 구해주었으니 적어도 고맙다는 인사의 말을 들을 줄 알았건만 난데없이 귀신 타령이라니?

현성은 한심하다는 얼굴로 입을 열었다.

"쯧쯧. 별 이상한 놈이로군."

고개를 한차례 흔든 현성은 다시 집을 향해 발걸음을 옮겼
다.

＊　　　＊　　　＊

어느덧 현성이 병원에서 퇴원을 한 지 스무 날이 지났다.

"이제 슬슬 학교에 나가봐야겠구나."

생각보다 집에서 요양한 시간이 길어져 버렸다.

현재 두 달 가까이 학교를 나가지 않았기 때문에 잘못하면
유급을 당하게 될지도 몰랐다.

"3서클을 마스터했으니 더 이상 집에 있을 필요는 없지."

그동안 몸을 요양한다는 이유로 집에서 쉬던 현성은 수목
원을 오가며 수련을 한 끝에 기어이 3서클을 마스터해 버렸
다.

그뿐만이 아니라 한 며칠간은 잊고 지내왔던 고등학교 공
부를 했다. 마법의 힘을 빌려 공부를 한 덕택에 어느 정도 교
육을 따라 잡을 수 있을 터였다.

"그나저나 이 나이에 학교라……."

현성은 쓴웃음을 지었다.

막상 다시 학교를 다닌다고 생각하니 웃음밖에 나오지 않
았다. 지금의 자신은 팔십에 가까운 노인이었다.

그런데 아직 스무 살도 되지 않은 아이들이 다니는 학교를

다녀야 한다니.

"거기다 그놈도 있을 테고."

자신을 자살로 몰고 간 원수 같은 그 녀석, 한진상.

이런저런 이유로 현성은 작은 한숨을 내쉬었다.

"이제 학교에 가는 거니?"

현성이 현관문에서 집을 나서려 할 때 근심 반, 안심 반의 표정으로 어머니가 입을 열었다.

"예. 그런 표정 짓지 마세요. 아무 문제없이 잘 갔다 올 테니까요."

"그, 그래? 그럼 잘 갔다 오려무나."

"네."

현성은 어머니를 바라보며 미소를 지어 보였다. 그리고 학교로 가기 위해 아침 햇살이 눈부시게 쏟아지는 현관문을 열어젖혔다.

"다시 왔구나."

등교 시간이 다른 탓에 현아보다 일찍 집에서 출발한 현성은 지금 학교 교문을 지나가고 있었다.

현성이 다니는 남녀공학으로 서울에서 나름 명문에 속하는 고등학교였다.

이미 학교에는 많은 수의 남학생과 여학생이 등교를 하고 있었으며, 그중에는 현성을 보고 놀란 표정을 짓는 녀석도 있었다.

반은 다르지만 현성이 누군지 알고 있었던 것이다.

아무래도 두 달 전에 현성이 벌인 자살 사건이 학교 내에 꽤 퍼진 듯했다.

하지만 그런 그들을 뒤로한 현성은 마치 유람이라도 온 것처럼 천천히 발걸음을 옮기며 학교 전경을 바라보고 있었다.

"별로 달라 보이는 건 없군."

현성은 작은 미소를 지었다.

자신의 잘못된 선택으로 현실에서는 약 2달, 그리고 주관적 시간 개념에서는 대략 60년 만에 오게 된 학교다.

다시는 보지 못할 거라 생각한 추억 속 풍경을 음미하며 현성은 2학년 때 자신이 다니던 교실로 발걸음을 옮겼다.

2학년 4반.

고등학교 2학년이 되고 나서 현성이 배정받은 교실이다.

그리고 지금 현성은 바로 그 교실 앞에 서 있었다.

벌써부터 교실 안에서는 왁자지껄한 소리가 시끄럽게 흘러나오고 있었다.

가물가물한 옛 기억 속의 교실을 바라보며 현성은 문을 열어젖혔다.

드르륵.

"……."

순간, 시끄럽던 교실 안이 조용해졌다.

두 달 전 사건 때문에 현성은 반에서 화젯거리가 되어 있었다. 아니, 교실에서뿐만이 아니라 학교 전체에 자살을 한 학생으로 알려지기도 했다.

그 이미지는 결코 좋지 않을 터.

그런데 그 화제의 주인공이 당당하게 등장한 것이다.

현성은 다양한 표정으로 자신을 바라보는 반 아이들을 슥한번 둘러봤다.

'귀여운 녀석들.'

현성은 속으로 피식 웃음을 흘렸다.

아직 머리에 피도 안 마른 녀석들이 똘망똘망한 눈으로 바라보는 모습이 현성의 눈에는 귀엽기 짝이 없었다.

마치 이드레시안 차원계에 남겨 두고 온 증손자를 보는 듯했으니까.

"오호라? 이게 누구야?"

그때 현성에게 말을 거는 인물이 있었다.

고등학생 치고는 큰 키인 180cm에 강인한 인상의 소유자.

"……."

워낙 오랜 세월이 흐른 지라 한진상에 대한 기억이 흐릿해있었지만, 눈앞에 있는 녀석이 한진상이라는 사실을 직감적으로 알아차렸다.

그리고 지금, 한진상과 그의 패거리 세 명은 교실 뒤 창가 쪽 구석에서 남학생 한 명을 둘러싸고 있었다.

주눅이 든 남학생이 처해 있는 상황은 일목요연했다.

분명 두 달 전 현성이 당했던 것을 저 남학생이 당하고 있는 것이리라.

그런데 남학생의 모습이 어딘가 낯이 익었다.

"헉……!"

순간 현성과 눈이 마주친 남학생의 얼굴이 새파랗게 질렸다. 자세히 보니 며칠 전 현성이 양아치들에게서 구해준 고등학생이었다.

"이놈은 또 왜 이렇게 놀래?"

남학생이 현성을 보고 움찔거리자 한진상이 의아한 표정을 지었다. 그러자 남학생은 현성을 가리키며 작은 목소리로 중얼거렸다.

"귀, 귀신……."

"뭐? 귀신? 지랄을 한다, 이 미친놈아."

얼토당토않은 말에 한진상은 남학생의 뒤통수를 후려갈겼다.

"지금이 시대가 어떤 시대인데 귀신 타령이냐. 그리고 무슨 놈의 귀신이 이른 아침부터 교실 문을 열고 등장해?"

"아……."

그제야 남학생, 아니 이진성은 놀란 마음을 추슬렀다.

심약한 성격의 이진상은 자살한 줄로만 알았던 현성이 멀쩡하게 나타나자 귀신인 줄 착각하고 있었던 것이다.

거기다 예전의 현성이었다면 상상도 하지 못했던 일들을 벌이지 않았던가?

정말 귀신처럼 동네 양아치들을 눈 깜짝할 사이에 쓰러뜨렸으니 말이다.

"아무튼 잘 돌아왔다, 빵셔틀 1호 새끼야. 멀쩡한 거 보니 참 반갑네."

한진상은 현성을 바라보며 피식 웃어 보였다.

처음 현성의 자살 소식을 들었을 때는 뜨끔 했었다.

김현성 저 자식이 유서 같은 곳에 자신의 이름을 남겼을까 봐 걱정이 되었던 것이다.

하지만 다행스럽게도 현성이 남긴 유서는 없었으며 자신이 관련된 증거도 없었다. 그 때문에 아버지의 힘을 조금 빌린 것만으로도 경찰 조사를 유야무야 넘길 수 있었다.

자신은 현성의 자살과 연관이 없다고 딱 잡아떼고만 있으면 되었으니까.

"그럼 각오는 되어 있겠지, 이 빌어먹을 놈아?"

그동안 현성이 자살 소동을 일으킨 탓에 얼마나 마음고생을 해왔던가?

한진상은 현성을 가만 놔두지 않을 작정이었다.

"넌 여전히 변한 게 없구나."

자신에게 주저 없이 욕질을 해대는 한진성을 바라보며 현성은 피식 웃으며 말했다.

　먼 과거 자신을 자살로 몰아간 한진상.

　60년 만에 한진상을 다시 만나게 된 현성은 쓴웃음이 절로 나왔다. 현성의 입장에서는 워낙 오랜 세월이 흐른 탓에 한진상의 행동과 태도가 너무나 어리게 느껴졌기 때문이다.

　마치 치기 어린 아이의 투정을 보는 듯했다. 대체 왜 자신이 저놈 때문에 자살을 했었는지 어처구니가 없을 정도였다.

　'게다가 저 녀석만 탓할 일은 아니지. 결국 선택은 내가 한 것이니 말이야.'

　결국 현성은 한진상에 대한 일은 훌훌 털어버리기로 결심했다.

　하지만…….

　"이 미친 새끼가 지금 뭐라고 지껄이는 거야?처돌았냐, 이 빵서틀 새끼야!"

　문제는 지금과 같은 한진상의 태도였다.

　조금 전부터 한진상은 현성에게 욕을 하며 무시하고 있었다.

　그뿐만이 아니다.

　"자살 소동 좀 일으켰다고 이제 눈에 보이는 게 없나 보네."

　"헤이 맨! 알 유 크레이지?"

　"맞으면 정신 좀 차리려나?"

항상 한진상의 뒤를 따라다니는 패거리 세 놈도 현성을 비웃고 있었다. 거기다 한진상 패거리는 현성이 자살을 시도했다는 사실을 알고 있을 터였다.

그렇다면 조금이라도 자중하는 모습을 보여야 하지 않을까?

현성이 자살을 시도했던 이유가 바로 자신들 때문이었다는 사실을 본인이 잘 알고 있었으니 말이다.

하지만 그들의 태도에서는 그런 것들을 전혀 찾아볼 수 없었다. 그들은 현성이 자살로 죽었든 살았든 관심이 없어 보였다. 그리고 한진상의 태도를 보았을 때, 예전처럼 현성을 부려먹을 생각이 넘쳐났다.

'쯧쯧. 이 녀석들은 대체 언제쯤이 되어야 철이 들런지.'

현성은 속으로 혀를 차며 고개를 흔들었다.

아직 머리에 피도 안 마른 어린 것들이다 보니 개념이 덜 잡힌 모양이었다.

더 이상 한진상을 상대하고픈 마음이 싹 사라진 현성은 자기 자리를 찾기 위해 몸을 돌렸다.

그 순간,

휘리릭!

현성의 얼굴 옆으로 수학의 정석 책이 스쳐 지나갔다.

"어쭈, 피해?"

등 뒤에서 건들거리는 한진상의 목소리가 들려왔다.

조금 전 현성은 자신의 등 뒤에서 무언가 다가오는 것을 느끼고 고개를 옆으로 꺾었다. 만약 그러지 않았다면 수학의 정석 책에 뒤통수를 제대로 맞았을 것이다.

'이런 머리에 피도 안 마른 녀석들이……'

현성은 살짝 눈살을 찌푸리며 고개를 뒤로 돌렸다.

그러자 비웃음을 가득 머금고 있는 한진상의 얼굴이 보였다.

그런 그를 향해 현성은 한마디 했다.

"이 버르장머리 없는 녀석들아! 네놈들은 대체 언제가 되어야 정신을 차릴 것이냐?"

현성의 말에 한진상 패거리는 어처구니없는 표정을 지었다.

"뭐? 이 새끼가 지금 뭐라는 거야?"

"유 헤드 뱅뱅?"

"이 자식이 지금 어디서 개소리를 지껄이고 있어!"

분개한 한진상 패거리들은 현성을 향해 달려들려고 했다.

바로 그때,

―딩동댕!

1교시를 알리는 수업 종이 울렸다.

"……!"

현성을 향해 다가오던 한진상 패거리의 발걸음이 멈췄다.

그리고 뒤이어 복도를 확인한 반 아이 한 명이 소리쳤다.

"야, 복도에 담임쌤 온다!"

그 말에 반이 분주해졌다. 자기 자리에서 벗어나 있던 아이들이 다급하게 움직이기 시작한 것이다.

그리고 한진상 패거리들은 인상을 쓰며 현성을 노려봤다.

"쳇, 운이 좋은 놈이군."

"이걸로 끝났다고 생각하지 마라."

"학교 마치고 우리랑 면담 좀 하자, 빵셔틀 새끼야."

"방과 후에 항상 보던 그곳에 와라. 안 오면 시발 뒤진다. 알겠냐?"

한진상 패거리는 각각 한마디씩 현성에게 말한 다음 자기 자리로 돌아갔다.

현성 또한 기억을 되살리며 교실을 둘러보다가 자신의 자리로 보이는 빈자리에 가서 앉으며 생각했다.

'잘됐군. 이번 기회에 교육을 좀 시켜줘야지.'

한진상 패거리는 현성을 손봐줄 생각이었지만, 현성은 버릇없는 한진상 패거리를 혼내줄 생각이었다.

그리고 잠시 후, 담임선생님이 교실에 들어오고 하루 일과인 조례 시간이 시작되었다.

제 3 장

소중한 가족들

현성이 등교를 한 첫날.

현성은 학교 선생님들의 집중적인 관심을 받는 학생이 되고 말았다. 담임선생님은 물론이고 각 담당별 교과목 선생님들은 현성에게 힘든 일 있으면 상담하러 오라는 말을 했으며, 반 아이들에게는 현성과 잘 지내고 챙겨주라는 말까지 하기도 했다.

과도한 선생님들의 관심이 부담스러웠지만, 저지른 죄가 있으니 현성은 묵묵히 들을 수밖에 없었다. 반 아이들 또한 형식적으로 선생님들의 말에 대답할 뿐이었다.

그렇게 하루 일과 수업이 끝난 방과 후.

아침에 한진상 패거리와 약속한 대로 현성은 강당 뒤편에 와 있었다. 버르장머리를 상실한 한진상 패거리를 교육시켜 주기 위함이었다.

"아직 오지 않았나."

강당 뒤편은 학교에서 인기척조차 느껴지지 않는 외진 곳으로 적당한 크기의 공터가 하나 있었다.

사람이 잘 오지 않는 탓에 한진상 패거리가 농땡이를 피우거나 아이들을 괴롭힐 때 자주 이용하고 있는 장소이기도 했다.

"야자도 안 했는데 빨리 오기나 할 것이지."

현성은 혀를 찼다.

하지만 현성의 말과는 다르게 학교에서는 방과 후에 야자를 한다. 현성이 다니는 고등학교는 인문계열로 말만 야간 자율 학습이지 실질적으로 야간 강제 학습을 하지 않을 리 없었다.

다만, 야자는 3학년이 필수적으로 하고 있을 뿐이며 1, 2학년은 선택적으로 하기 때문에 1학년 때부터 빡세게 시작하는 다른 고등학교에 비하면 조금 여유로운 편이었다. 그렇다고 집으로 일찍 귀가하는 애들은 사교육으로 학원이나 과외를 받고 있는 실정이지만 말이다.

그 때문에 현성은 비교적 시간에 구애받지 않고 여유롭게 한진상 패거리를 기다렸다.

"오, 용케 도망 안 가고 와 있었네?"

현성이 강당 뒤편에 도착하고 나서 얼마 지나지 않아 한진상 패거리가 건들거리며 모습을 드러냈다.

재밌는 장난감을 발견한 어린아이 같은 표정으로 자신을 바라보는 그들의 태도에 현성은 쓴웃음을 지었다.

'어리석은 녀석들.'

강당 뒤편은 아무도 오지 않는 외진 장소.

분명 이곳이라면 마음껏 자신을 괴롭힐 수 있을 거라 생각하고 있을 테지만, 그 반대가 될 수 있다는 사실을 한진상 패거리는 아직 모르고 있었다.

"여기까지 왔으면 어떻게 될지 각오는 했겠지?"

한진상은 비웃음을 흘렸다. 그리고 패거리 중 한 명에게 말했다.

"야, 드립퍼. 저 새끼 손 좀 봐줘라."

"오케이!"

드립퍼라고 불린 패거리 중 한 명이 앞으로 나서며 교복 안에 입고 있던 후드티를 눌러썼다.

"헤이, 맨! 알 유 채소인간? 야채인간? 식물인간?"

드립퍼 녀석은 현성이 한 달 가량 병원에서 식물인간 상태로 지냈다는 사실을 되도 않은 영어가 섞인 랩으로 표현했다.

하지만 구려 보이는 랩과는 다르게 춤 솜씨만큼은 일품이었다. 따라하기도 힘든 어려운 동작들을 구사하며 다이나믹

한 힙합 춤을 추면서 현성을 향해 다가간 것이다.

'재미있는 녀석이구나.'

그 모습을 현성은 빙그레 웃으며 바라봤다.

마치 손자가 재롱을 떠는 모습처럼 보였기 때문이다.

아무 말 없이 드립퍼의 춤을 감상하던 현성은 조용히 마법을 시전했다.

'그리스.'

"헤이, 요! 왓 더 뻐어어어어어억!"

주르르륵! 쿠당탕탕!

드립퍼 녀석은 힙합 춤을 추다가 발이 미끄러지더니 요상한 비명을 지르면서 땅바닥을 나뒹굴었다.

1클래스 마법인 그리스는 마찰을 한없이 제로로 만든다. 그 때문에 마치 빙판길을 방불케 하는 상황을 연출할 수 있었다.

"아, 저 김 드립퍼 새끼. 누가 드립퍼 아니랄까 봐 이 상황에서 몸 드립을 치네."

하지만 그 사실을 알 수 없는 한진상 패거리는 한심하다는 눈으로 드립퍼 녀석을 바라봤다. 그리고 한진상은 인상을 찡그리며 남은 패거리를 향해 입을 열었다.

"야, 비둘기. 이번엔 네가 나가라."

"아 놔, 왜 또 비둘기라 그래. 이둘기라니깐."

"아, 씨발 새끼야. 내가 항상 말했잖아. 넌 비읍이 묵음이라고."

"아, 알았어."

본명 이둘기는 인상을 찌푸린 한정산의 말에 고개를 휘휘 저으며 앞으로 나섰다.

"야, 빵셔틀 새끼야. 네가 비둘기의 슬픈 전설을 알고 있냐?"

비둘기는 현성의 앞에 서더니 입을 열었다.

"……?"

뜬금없는 비둘기의 말에 현성은 의아한 표정을 지었다.

"내가 길을 가고 있는데 비둘기 한 마리가 걷고 있더라고. 아, 근데 저 뒤에서 화물차가 달려오는 거야. 난 당연히 비둘기가 날아서 피할 거라고 생각했지. 근데 화물차를 발견한 비둘기가 달리기 시작하더라. 시발, 무슨 비행기도 아니고 이륙하는데 추진력이 필요했나 봐. 난 그래도 그때까지 비둘기가 피할 거라고 생각했지. 근데 끝내 날지 못하고 달려오는 화물차 타이어에 깔려 죽더라, 시발."

"……"

"아무리 닭둘기라고 해도 그렇지, 조류 새끼가 자동차 바퀴에 깔려 죽는 게 말이 되냐? 그리고 그걸 본 주변 사람들이 비둘기가 차에 깔려 죽었다고 수군대더라? 근데 시발 그 소리 들으니깐 마치 내가 죽은 것 같……."

퍼어억!

"꾸웨엑!"

한창 신나게 주저리주저리 말을 늘어놓던 비둘기의 머리가 옆으로 꺾였다. 그 너머로 붉으락푸르락한 얼굴의 한진상이 서 있었다.

"아니, 이 미친 새대가리 새끼가 김현성 저놈 손 좀 봐주라니깐 어디서 구구절절하게 비둘기 전설 이야기를 읊조리고 있어? 네가 무슨 드립퍼냐. 이 병신 닭둘기 새끼야!"

한진상은 씩씩거리며 비둘기 녀석을 두들겨 팼다.

'재미있는 녀석들이군.'

한 편의 콩트와도 같은 장면을 바라보며 현성은 피식 웃음을 흘렸다.

그리고 한진상은 마지막으로 남은 패거리 녀석을 바라봤다.

"야, 재영아. 아무래도 안 되겠다. 이번엔 네가 나서라. 진짜 너만 믿는다."

"응. 근데 난 왜 평범하게 이름이야? 나도 뭐 좋은 별명 없어?"

"넌 시발 아무것도 없는 게 매력이야. 정상인 같잖아."

"아, 그렇네."

한진상의 말에 납득한 이재영은 고개를 끄덕였다.

확실히 재영의 겉모습은 앞에 나왔던 두 놈보다 허우대가 멀쩡했다.

"야, 빵셔틀. 난 저놈들과 다를 거다."

호기롭게 외친 재영은 현성을 향해 달려들었다.

확실히 재영은 조금 전 녀석들처럼 되도 않은 랩과 함께 춤을 춘다거나, 구구절절한 설명 같은 건 하지 않았다.

"이야아아아아~!"

다만 주먹을 앞세우고 고함을 지르며 현성을 향해 돌진을 해왔을 뿐이다.

'귀여운 녀석이로군.'

자신을 향해 배짱 좋게 달려드는 재영을 바라보며 현성은 슬며시 입가에 미소를 지었다. 자기 딴에는 나름 위협적이라 생각하며 고함과 함께 주먹을 앞세우고 달려들었을 것이다.

하지만 이드레시안 차원계에서 현성은 오러가 뿜어져 나오는 창과 칼을 앞세운 적들을 상대해 왔다.

그이 비하면 재영의 행동은 귀엽기 짝이 없었다.

현성은 작은 미소와 함께 마법을 시전했다.

'그리스.'

"으아아아아아!"

드립퍼든 정상인이든 현성의 그리스 앞에서는 별반 다르지 않았다. 재영은 달려오는 기세 그대로 땅바닥에 미끄러지며 드립퍼 녀석 옆에 처박혔다.

"……."

그 모습을 한진상은 할 말을 잃은 표정으로 바라봤다.

그런 한진상에게 현성은 웃음을 터뜨리며 말했다.

"재롱 하나만큼은 잘 부리는 녀석들이구나."

"이, 이 자식이!"

패거리 녀석들이 어이없게 당한 것도 모자라 빵셔틀 취급을 하며 무시하던 현성에게 모욕까지 당한 한진상은 격분한 얼굴로 달려들며 주먹을 휘둘렀다.

'슬로우.'

한진상의 주먹이 현성의 몸에 닿기 직전, 움직임이 느려졌다. 그 공격을 현성은 여유롭게 피해냈다.

"이놈이 지금 내 공격을 피해?"

하지만 한진상은 자신의 공격이 순간적으로 느려졌다는 사실을 인지하지 못했다. 단지 현성이 자신의 공격을 피했다는 사실에 악에 받친 얼굴을 할 뿐이었다.

"그럼 이것도 한번 피해봐라!"

한진상은 자세를 잡으며 스텝을 밟기 시작했다.

이미 오래전부터 한진상은 복싱을 배워오고 있었다. 그 덕분에 어퍼컷이나 스트레이트, 잽을 비롯한 다양한 복싱 기술들이 현성을 향해 쏟아져 내렸다.

'어설프군.'

현성은 피식 웃었다.

한진상은 나름 열심히 땀을 뻘뻘 흘리며 복싱 기술을 구사했지만 현성의 눈에는 빈틈투성이로밖에 보이지 않았다. 때

때로 슬로우 마법을 시전하며 한진상의 공격을 종이 한 장 차이로 피해냈다.

그렇게 한참 동안 공격을 하도록 내버려 둬도 히트 한 번 제대로 성공하지 못하는 한진상에게 현성이 한마디 했다.

"애쓴다."

"이 건방진 빵셔틀 새끼가……!"

한진상은 이를 갈았다.

설마 자신이 무시하던 현성에게 오히려 무시를 당하는 날이 올 줄이야!

"재롱도 길면 지루한 법이지. 이제 그만 끝내자."

"뭐?"

획! 쿠당탕탕!

"컥!"

순간 한진상은 외마디 비명과 함께 땅바닥 위를 나뒹굴었다. 현성이 한진상의 다리를 가볍게 걸어찬 것이다.

"큭! 이 자식이!"

한진상은 자리에서 벌떡 일어나더니 다시 한 번 현성을 향해 주먹을 휘둘렀다. 그러자 현성은 한진상의 주먹을 피하지 않고 붙잡았다. 그리고 한진상의 팔을 잡아당기며 그대로 땅바닥 위로 패대기쳤다.

물론 힘 조절을 하는 것도 잊지 않았다.

"크헉!"

이번에는 꽤 타격을 받았는지 한진상은 하늘을 바라보며 쓰러진 채 꼼짝도 하지 않았다.

"마, 말도 안 돼."

"설마 진상이가 당하다니……."

패거리는 믿기지 않는 눈으로 현성을 바라봤다.

한진상이 누구인가?

2학년 중에서 주먹으로 알아주는 일진이다.

오래전부터 배워온 아마추어 복싱 실력 덕분에 또래 중에서는 한진상을 건드릴 자가 없었다.

또한 3학년 선배라고 해도 한진상을 함부로 건드리지 않았다. 주먹 실력도 있지만 무엇보다 한진상의 배경을 무시할 수 없었기 때문이다.

이 인천 일대를 주름잡는 조직 폭력 집단 중 한 곳의 우두머리가 다름 아닌 한진상의 아버지였다.

그런 한진상을 저렇게 패대기를 쳐버리다니.

"네놈들은 어떻게 할 것이냐? 이놈처럼 되고 싶다면 덤벼도 좋다."

"으……."

현성의 말에 패거리들은 뒷걸음질을 쳤다.

자신들 셋이 한진상에게 덤벼도 이길 수 있을지 장담할 수 없었다. 그런 한진상을 현성은 뒷짐을 지고 여유롭게 상대한 끝에 땅바닥 위로 패대기를 쳐냈다.

패거리들은 감히 현성에게 덤벼들 생각을 하지 못했다.

"너, 너 실수한 거야!"

"3학년 선배들도 건드리지 않는 진상이를 건드리다니……."

패거리는 두려운 눈으로 한진상을 바라봤다.

비록 현성이 강해졌다는 사실을 인정할 수밖에 없었지만, 한진상은 조직폭력배를 이끄는 우두머리의 아들이었다.

현성보다 한진상이 더 두려울 수밖에 없었다.

"흥. 가소로운 녀석들."

패거리들의 말에 현성은 피식 웃더니 차돌 하나를 주워 들었다. 한진상 패거리 녀석들에게 아주 살짝 겁을 줄 생각이었다.

"잘 봐라."

현성은 손아귀에 힘을 가했다.

바스스.

그러자 현성의 손안에서 차돌이 먼지처럼 바스러져가는 게 아닌가?

"헉……!"

그 모습을 녀석은 경악한 눈으로 바라봤다.

"오늘은 이 정도로 끝낸다. 하지만 다음번에 날 건드리려고 한다면 이 돌처럼 될 거라고 이놈한테 전해라. 알겠느냐?"

패거리 녀석들은 겁에 질린 표정을 지었다.

'만약 저 손에 붙잡히기라도 한다면……?'

손이 잡힌다면 손이 바스러질 것이고, 팔이 잡힌다면 팔이 바스러지리라.

패거리들은 식은땀을 흘리며 굵은 침을 꿀꺽 삼켰다.

'귀여운 녀석들.'

패거리의 모습에 현성은 피식 웃으며 등을 돌렸다.

그러자 패거리 녀석들은 화들짝 놀랐다가 두려운 눈으로 멀어져 가는 현성의 등을 바라봤다.

*   *   *

으드득!

조금 전 한진상과 현성이 맞붙었던 강당 뒤편의 공터.

지금 그곳에서 섬뜩한 이를 가는 소리가 울리고 있었다.

"김현성 이 빌어먹을 새끼!"

한진상은 울분을 억누르며 고함을 질렀다.

얼마 전까지 자신의 빵셔틀밖에 되지 않던 쓰레기 놈에게 졌다. 그것도 볼썽사납게 농락을 당하다가 땅바닥 위로 패대기를 쳐지면서 말이다.

한진상 입장에서는 말로 표현하기 힘들 정도로 굴욕적인 일이 아닐 수 없었다.

"절대 용서 못해!"

현성에게 패배를 당한 한진상의 체면은 있는 대로 구겨졌다.

조직의 세계에서 체면은 목숨만큼 중요한 법.

이대로 물러날 수는 없었다.

한진상은 표독스러운 표정을 지었다.

그리고 아직까지 땅바닥에서 팔자 좋게 뻗어 있는 패거리를 차가운 눈으로 바라봤다.

"도움도 안 되는 새끼들."

패거리 녀석들은 한진상의 화풀이 대상이 된 뒤였다.

김현성을 손봐주라고 보냈더니 되도 않은 짓거리를 하다가 어처구니없게 당한 놈들이었다.

평소 같았으면 웃으며 넘겼을 테지만, 문제는 한진상이 현성에게 손도 써보지 못하고 당했다는 점이었다.

거기다 패거리가 지껄인 개소리가 한진상의 분노를 부채질했다.

"뭐? 김현성 그 자식이 맨손으로 돌을 가루로 만들어? 씨발 개소리를 지껄일 겨를이 있으면 김현성 그 새끼나 조질 것이지."

한진상은 한심하다는 표정으로 패거리를 내려다봤다.

한진상은 패거리의 말을 믿지 않았다. 오히려 헛소리를 지껄인 패거리에게 정신 좀 차리라는 의미에서 복날을 맞이한 개처럼 쫄깃쫄깃하게 흠씬 패주었다.

그 결과, 지금 이렇게 패거리 녀석들은 땅바닥에서 팔자 좋게 뻗어 있는 것이다.

"야, 이 한심한 새끼들아. 언제까지 자빠져 있을래? 빨리 안 일어나?"

멍청하기 짝이 없는 녀석들이지만, 그래도 아직 이용 가치가 있는 놈들이었다.

한진상은 그들을 발로 차며 일어나라고 독촉했다.

그러자 패거리 녀석들은 주섬주섬 몸을 일으켰다. 그런 그들을 뒤로하며 한진상은 악에 받친 표정을 지었다.

"김현성 이 겁도 없는 새끼! 감히 나를 건드려? 앞으로 어떻게 되나 한번 두고 보자!"

현성에게 받은 굴욕을 반드시 갚아줄 것을 한진상은 이를 갈며 다짐했다.

"어떻게 하려고?"

"남호걸을 이용할 거야."

"호, 호걸 형님을?"

한진상의 말에 패거리들은 살짝 식은땀을 흘렸다.

남호걸은 학교의 장이었다.

주먹 하나로 학교를 꽉 잡고 있었으며, 무엇보다 학교 주변 일대를 장악하고 있는 폭력 서클의 장이었다. 학교를 졸업하면 조직에 들어갈 거라는 근거 없는 소문도 돌고 있었다.

"그다지 좋은 사이도 아니잖아?"

"사이가 무슨 상관이야. 어차피 내 말을 들을 수밖에 없는데. 그리고 김현성 그 자식보단 낫지."

한진상은 기분 나쁜 미소를 지어보였다.

"하지만 우리 말을 들어주려고 할까?"

"적당히 먹이를 던져주면 알아서 물려고 들겠지."

"뭘 주려고?"

"글쎄… 빚의 일부를 탕감해 준다거나 우리 조직의 하급 간부 자리를 생각하고 있다고 하면 눈에 불을 키고 달려들지 않겠어?"

"……!"

한진상의 말에 패거리는 두 눈을 부릅떴다.

아무리 김현성이 미워도 그렇지, 조직의 하급 간부 자리를 조건으로 내걸다니!

"괘, 괜찮은 거야? 그렇게 해도?"

"뭐, 어때. 어차피 언젠가는 내가 물려받을 자린데. 그리고 나는 하급 간부 자리를 생각하고 있다고만 했지, 준다고는 말 안 했다."

"아… 과연."

패거리는 고개를 주억거렸다.

"아무튼 김현성 이 자식 이번에 완전히 매장시켜 버려야겠어. 감히 날 거스른 대가를 톡톡히 치뤄야지."

한진상은 차가운 미소를 지으며 현성에 대한 복수를 꿈꿨다.

　　　　*　　　　*　　　　*

　해가 저물어가는 저녁 시간.

　한진상 패거리를 가볍게 손을 봐준 현성은 평소와 다름 없는 표정으로 집에 도착했다.

　"흠. 아무도 없군."

　평소에는 집에 오면 어머니가 계셨는데 오늘은 무슨 일인지 계시지 않았다. 여중생인 현아도 아직 학교에서 돌아오지 않은 모양이었다.

　"오래간만에 시장이나 한번 가볼까……."

　중학교 때까지만 해도 종종 부모님들이 일하시는 가게에 자주 놀러 다녔었지만 고등학교에 들어오고 나서는 가본 적이 없었다. 현대에 다시 정신을 차린 이후에도 부모님이 일하시는 가게에는 아직 가보지 않았다.

　이번 기회에 한번 가보는 것도 나쁘지 않을 것 같았다.

　그렇게 결정을 내린 현성은 우선 집에 들어갔다. 가지고 온 짐들을 정리하기 위해서였다.

　가벼운 평상복으로 옷을 갈아입고 집에서 나온 현성은 부모님들이 일하시는 시장을 향해 천천히 발걸음을 옮겼다.

시장에는 사람이 그리 많지 않았다.

최근 마트가 들어서면서 대부분 사람이 그쪽으로 많이 빠졌기 때문이다.

"장사가 힘들다고 하더니 그 말이 맞나 보군."

현성은 가족끼리 식사를 하면서 장사가 힘들다며 한숨을 내쉬던 아버지의 모습을 떠올렸다.

"우선 가게부터 찾자."

현성은 부모님들이 일하시는 가게의 위치가 가물가물했다. 하지만 시장 안을 돌아다니며 조금씩 예전 기억들을 생각해냈다.

"저곳인가?"

한동안 시장을 돌아다니던 현성은 아담한 크기의 점포를 가진 채소 가게 하나를 찾을 수 있었다.

자신의 기억이 맞다면 부모님이 하시는 가게일 것이다.

현성은 가게를 향해 다가갔다.

가게 안에서 손님을 상대로 배추를 팔고 있는 중년 남성이 있었다. 다름 아닌 아버지였다.

'음?'

현성은 발걸음을 잠시 멈췄다.

가게 입구의 상황이 이상했기 때문이다.

"이봐요, 아저씨. 이거 배추 어떻게 하실 거예요?"

가게 앞에서 한 아줌마가 실랑이를 벌이고 있었다.

배추 한 포기를 아버지에게 보이며 속사포처럼 말을 쏟아
내고 있었던 것이다.

"배추 속이 비어 있잖아요. 한 포기에 4천 원이나 하면서
상태가 이래도 되나요? 완전히 바가지 아닌가요?"

"죄송합니다, 손님. 다른 배추로 바꿔 드릴게요."

"아, 됐어요. 다른 배추도 뭐 다 똑같을 텐데 뭐하러 바꿔
요. 그냥 환불해 줘요."

"예……."

아버지는 어두운 표정으로 아줌마에게 고개를 숙이며 연
신 죄송하다는 말을 연발했다. 그리고 잠시 후, 아줌마는 고
개를 휙 돌리며 다른 가게로 사라졌다.

'……'

현성은 안쓰러운 눈으로 아버지를 바라봤다.

부모님들이 아등바등 힘겹게 시장에서 장사를 하며 살아
가는 모습을 오늘 처음 본 것이다.

현성은 눈시울을 살짝 붉히며 아버지를 향해 다가갔다.

"응? 현성이 아니냐?"

지금쯤이면 집에 있을 거라 생각한 현성이 가게에 나타나
자 아버지는 놀란 표정을 지었다.

"저 왔어요."

현성은 조금 전 아줌마와 실랑이를 벌이던 아버지의 모습
이 떠올라 코끝이 시큰거렸지만, 애써 미소를 지으며 말했

다.

그리고 얼마 지나지 않아 가게 안에서 어머니가 뛰어나왔다.

"아들! 언제 왔어?"

어머니는 호들갑을 떨며 현성을 반겼다. 그런 어머니에게 현성은 미소를 지어보였다.

"이제 방금 집에 갔다가 왔어요."

"그럼 가게로 전화를 하지… 그랬으면 내가 집으로 갔을 텐데……."

"괜찮아요. 오랜만에 가게에 와보고 싶었거든요."

"아무튼 들어와라."

어머니는 현성에게 손짓하며 가게 안으로 들어갔다.

현성 또한 어머니를 따라 가게 안으로 들어갔다가 살짝 놀란 표정을 지었다.

"어째서 가게에 현아가……?"

현성은 집에 현아가 없기에 당연히 학교에서 돌아오지 않았다고 생각했다.

그런데 설마 부모님 가게에 있었을 줄이야!

"왜, 내가 여기 있으면 안 돼?"

"그건 아니지만……."

"흥."

현아는 샐쭉한 눈으로 현성을 노려보다가 고개를 휙 돌

렸다.

그 모습에 현성은 속으로 한숨을 내쉬었다.

"현아야. 오빠한테 그게 무슨 태도니?"

옆에서 지켜보던 어머니가 현아를 나무랐다. 하지만 현아
는 아랑곳하지 않았다.

바로 그때 가게에 손님이 찾아왔다.

"저기, 이 버섯 얼마죠?"

"예. 한 소쿠리에 2,500원이에요."

손님의 질문에 현아는 가게 앞으로 나갔다. 그리고 사근사
근한 미소를 지으며 손님 접대를 했다.

'저게 바로 영업용 미소로군.'

자신을 대할 때와는 완전 다른 현아의 모습에 현성은 쓴웃
음을 지었다. 그러자 현성의 뒤에서 어머니가 난처한 얼굴로
입을 열었다.

"미안하구나. 현아 저 녀석이 아직도 저러니……."

"아니에요."

현성은 고개를 흔들었다.

손님을 상대로 채소를 팔고 있는 현아의 모습을 보니 하루
이틀 일을 한 게 아니었다.

"언제부터 현아가 가게 일을 도와주고 있었나요?"

"으, 응? 글쎄… 아마 중학교에 들어가고 난 이후부터였을
걸?"

"그래요?"

'기특한 녀석.'

현성은 현아를 기특한 눈으로 바라봤다.

자신이 집에서 부모님들의 속을 썩이고 있을 때, 현아는 부모님의 일을 도와주고 있었다.

조금이라도 집안일에 도움이 되기 위해서 말이다.

그에 비하면 자신은 대체 무엇을 하고 있었던 건지…….

'씁쓸하구나.'

현성은 가게 안을 슥 둘러봤다.

그리 크다고 할 수 없는 가족들의 채소 가게.

이곳에서 자신을 제외한 가족들은 먹고 살기 위해 손님들에게 쓴소리를 들어가면서까지 일을 하고 있었다.

순간 현성은 가슴 한 편이 아려왔다.

"저도 이제부터 일을 도와드릴게요."

"뭐? 그게 무슨 말이니?"

현성의 선언에 부모님들은 놀란 표정을 지었다. 예전의 현성이었다면 생각도 하지 못할 말이었다. 언제나 주눅이 든 표정으로 사람 만나는 일을 두려워하고 있었던 것이다.

"오빠가 무슨 가게 일을 본다고 그래?"

현아 또한 놀라기는 마찬가지인 모양이었다. 두 눈을 동그랗게 뜨고 현성을 바라보고 있었으니까.

"귀여운 여동생이 가게 일을 도우고 있다는데 내가 안 도와줄 수는 없잖아?"

"무, 무슨 소리를 하는 거야!"

현성의 말에 현아가 얼굴을 붉혔다.

귀엽다는 말이 싫지는 않은 모양이었다.

현성은 아버지를 향해 고개를 돌렸다. 그리고 가게 한쪽에 비치되어 있는 상추나 배추를 비롯한 버섯, 고추들을 바라보며 입을 열었다.

"아버지. 저기 있는 채소들을 제가 봐도 될까요?"

"응? 그것들을 왜?"

"제가 손 좀 봐서 다시 드릴게요."

"네가 어떻게?"

"맞아. 오빠가 무슨 채소를 봐? 채소의 채 자도 모르면서."

아버지와 현아의 말에 현성은 그저 씩 웃어 보이더니 채소들이 있는 곳에 다가갔다.

그리고 상태가 좋아 보이지 않는 채소를 골라내기 시작했다. 그 모습을 아버지가 신기한 듯 바라봤다.

"허, 정확하구나."

그 말에 현성은 씩 웃었다.

현성이 채소를 분류한 방법은 간단했다.

단지 마나가 미약한 채소들을 골라냈을 뿐이었다. 그리고 마나가 풍만한 채소들은 맛도 좋고 영양도 높았다.

그 사실은 이드레시안 차원계에서 마법 실험을 통해 이미 검증되어 있으며, 현대 세계도 마찬가지일 터였다.

'이제 여기에 마나를 불어넣는다면……'

현성은 하단전에 고리를 이루고 있는 서클을 돌리며 손에 마나를 집중시켰다. 그리고 채소들을 손으로 만지며 확인하는 척을 하거나, 혹은 다듬는 시늉을 했다. 시간이 흐르자 조금 전보다는 확실히 생기가 채소가 싱싱해졌다.

"이거 갖고 가세요."

현성은 마나를 불어넣은 채소를 아버지에게 건네주었다.

"어, 응."

채소를 건네받은 아버지의 표정은 미묘했다.

확실히 채소의 생기가 돌아오긴 했지만 별다를 바가 없어 보였던 것이다.

현성은 슬며시 입가에 작은 미소를 지었다.

'기다리면 좋은 일이 생길 겁니다, 아버지.'

이미 현성은 아버지의 심정이 어떠한지 잘 알고 있었다.

그리고 시간이 지나면 자신이 한 일의 효과가 드러날 것이다. 점점 채소의 싱싱함이 살아날 것이며, 맛 또한 다른 가게들에 비해 좋아질 터였으니까.

현성은 자신을 복잡 미묘하게 바라보는 가족들의 시선을 태연히 받아넘기며 가게 안에 있는 채소에 마나를 불어넣는 작업을 계속했다.

제 4 장
폭력 서클의 습격

방과 후.

어둑어둑한 어둠이 길거리에 내린다.

여느 날과 마찬가지로 집으로 돌아가고 있던 현성은 평소와 달리 인적이 드문 공원으로 향했다.

마치 달밤에 산책을 나온 것처럼 여유로운 모습으로 공원에 들어선 현성은 발걸음을 멈췄다.

"이제 그만 슬슬 나오시지? 일부러 사람이 없는 공원까지 와주었으니 말이야."

그 말에 공원 으슥한 곳에서 하나둘씩 인영이 나타났다. 도합 서른 명은 되어 보이는 양아치 학생이었다.

"네가 김현성이냐?"

그들의 대장으로 보이는 녀석이 앞으로 나섰다.

날카로운 눈썹이 인상적인 녀석으로 그가 바로 현성이 다니는 학교의 일진인 남호걸이었다.

"그렇다고 하면 어쩔 거지?"

현성의 대답에 남호걸은 말없이 패거리에게 손짓했다. 그러자 서른 명이 넘는 아이가 현성을 둘러쌌다.

"네가 내 친구들을 건드렸다고 하더군. 이놈들 기억나나?"

현수의 주위에 세 명의 양아치가 나타났다. 얼마 전 길거리에서 진성에게 삥을 뜯던 놈들이었다.

현성은 피식 웃음을 흘렸다.

"과연, 복수인가?"

"그것도 있고."

"다른 것도 있다는 말인가?"

"네 알 바 아니다."

순간 남호걸은 눈살을 찌푸렸다.

무언가 탐탁지 않은 게 있는 모양이었다.

"재밌군. 네놈 뒤에 누가 있는지 들어보고 싶은데?"

여유로운 현성의 태도에 남호걸은 어이없다는 얼굴로 물었다.

"기가 막히는 녀석이로군. 넌 네 주위에 있는 애들이 보이지도 않는 거냐?"

"애들이 모여 봤자지."

현성은 피식 웃으며 말했다. 그러자 현성을 둘러싸고 있던 아이들의 표정이 험악해졌다.

현성에 비하면 아직 새파랗게 어린 아이들이라고는 하나, 이 주변 일대에서는 껄렁한 녀석들이었다.

거기다 폭력 서클의 일원이기도 하였기에 성인 남성이라고 해도 무사하기 힘들었다.

하지만 그런 녀석들이 위협을 가하고 있음에도 불구하고 현성의 표정에는 여유가 넘쳐났다.

현성의 입장에서 보면 그저 철없는 녀석들이 한때의 객기를 부리는 것 정도밖에 되지 않았기 때문이다.

"멍청한 건지, 아니면 생각이 없는 건지 모르겠군."

"그거야 대보면 알 수 있는 일이지 않나."

현성의 말에 남호걸은 눈살을 찌푸렸다.

"아무래도 네놈이랑 대화하는 건 시간낭비인 것 같군."

그렇게 말한 남호걸은 품속에서 담배를 꺼내들었다.

그러자 남호걸 옆에 있던 양아치 놈이 지포 라이터를 척 꺼내 들더니 담배에 불을 붙여준다. 남호걸은 담배 연기를 들이마신 다음 길게 내뱉으며 말했다.

"조져."

그 말에 현성을 둘러싸고 있던 서른 명의 아이가 움직이기 시작했다.

가장 먼저 현성의 뒤에 있던 녀석들이 달려들었다.

"죽어라!"

"어디 잘난 실력 좀 보자!"

'헤이스트.'

순간 현성의 인영이 사라졌다.

퍽!

아니, 사라진 게 아니라 등 뒤에서 달려들던 녀석들의 명치에 팔꿈치를 꽂아 넣고 있었다.

"컥……!"

동시에 명치를 가격당한 두 녀석은 현성의 등 뒤에서 털썩 쓰러졌다.

"저 자식이……."

남아 있는 스물여덟 명의 눈에서 분노의 빛이 피어올랐다.

"어디 한번 죽어봐라!"

이번에는 사방팔방에서 아이들이 현성을 향해 쇄도해 왔다.

'귀여운 녀석들.'

현성은 피식 웃었다. 현성의 눈에는 지금 상황이 어린아이들의 재롱 잔치회로밖에 보이지 않았다.

어느덧 현성의 모습이 아이들에게 가려져 보이지 않게 되었다. 그 속에서 현성은 조용히 마법을 시전했다.

'쇼크 웨이브.'

터엉!

현성을 중심으로 발생한 충격파가 아이들을 튕겨냈다. 아이들은 영문도 모른 채 튕겨져 나오며 땅바닥을 나뒹굴었다.

다행히 힘 조절을 한 탓에 크게 다치진 않은 모양이었다.

하지만 아이들에게 공포감을 심어주기에는 충분했다.

툭.

"저, 저게 무슨……."

남호걸은 들고 있던 담배를 떨어뜨렸다는 사실도 잊은 채 멍한 얼굴로 현성을 바라봤다. 남호걸뿐만이 아니라 남아 있는 아이들도 마찬가지였다.

"뭐, 뭐야?"

"대체 무슨 짓을 한 거지?"

열 명이나 되는 아이가 현성을 덮쳐들었을 때는 끝났다고 생각했다. 하지만 현성을 덮쳤던 아이들은 눈 깜짝할 사이에 공중으로 치솟으며 튕겨져 나왔다.

그리고 그 중심에 오롯하게 서 있는 현성의 모습을 본 나머지 아이들은 겁에 질릴 수밖에 없었다.

"빌어먹을!"

"모두 연장 꺼내!"

상황이 안 좋게 흘러가자 남호걸은 최후의 수단을 꺼내 들었다. 남호걸의 말에 남아 있던 아이들은 저마다 준비해 온 무기를 꺼내 들기 시작했다.

어디서 가져왔는지 쇠파이프에서부터 목검, 나이프 등등

각양각색의 무기가 아이들의 손에서 나타났다.

그것을 본 현성은 눈살을 살짝 찌푸렸다. 남호걸과 아이들의 도가 지나쳤던 것이다.

"나 하나 잡겠다고 준비를 철저히 해왔군."

"닥쳐!"

시종일관 압도적인 인원수로 우위에 있다고 생각하던 남호걸의 표정에 금이 갔다.

'역시 쉬운 일이 아니었나?'

단순히 건방진 녀석 한 명만 손 좀 봐주면 되는 일이라고 생각했다. 그래서 마음에 들지는 않았지만 의뢰를 받아들인 것이다.

어떻게 보면 기회이기도 했으니까.

거기다 때마침 타깃은 겁도 없이 자신의 친구를 건드린 놈이었다. 겸사겸사 일처리를 하면 될 것이라 판단했다.

하지만 상황은 결코 호락호락하지 않았다.

'실패하면 안 된다.'

남호걸은 마음을 독하게 먹었다.

만약 자신이 실패하게 되면 모처럼 굴러들어 온 기회가 사라진다.

'나에겐 돈이 필요해!'

무슨 일이 있어도 김현성이라는 놈을 제압해야 했다.

남호걸의 눈이 차갑게 빛났다.

"모두 덤벼들어!"

남호걸의 외침에 남아 있는 아이들이 무기들을 꼬나 쥐고 현성을 향해 달려든다.

"어리석은."

현성은 고개를 흔들며 레이포스를 활성화시켰다.

아이들이 무기를 든 이상 가볍게 상대할 생각이 없었다.

다시는 무기로 사람을 위협하지 못하도록 혼쭐을 내줄 생각이었다.

'헤이스트, 스트렝스.'

현성은 2서클 보조 마법을 시전했다.

온몸에 활력이 넘치며, 자신을 향해 무기를 들고 달려드는 아이들의 움직임이 슬로우 모션처럼 보인다.

그 사이로 번개같이 움직이며 현성은 한 명씩 아이들을 제압해 나가기 시작했다.

둔탁한 소리들이 공원에서 울려 퍼지며 단말마의 비명과 함께 아이들이 바닥을 나뒹굴었다.

"빠, 빨라……."

어두운 밤하늘 아래에서 바람처럼 움직이는 현성을 바라보는 아이들은 귀신에 홀린 표정을 지었다.

그 와중에도 아이들은 추풍낙엽처럼 떨어져 나갔으며, 어느덧 공원에 서 있는 아이는 채 다섯 명도 되지 않았다.

"마, 말도 안 돼……."

남호걸은 믿기지 않는 눈으로 현성을 바라봤다. 주먹 하나로 학교를 제패한 그조차 현성처럼 서른 명이나 되는 아이를 상대할 수 없었다.

'어디서 이런 녀석이……'

"남은 건 너희뿐이다."

현성은 남호걸과 이진성을 삥 뜯던 양아치 세 명을 바라봤다. 분명 서른 명이나 되는 아이를 상대했음에도 불구하고 현성은 숨 하나 흐트러지지 않았다.

'괴물 같은 놈!'

남호걸은 현성을 죽일 듯이 노려봤다.

"시발! 이렇게 된 이상 너 죽고 나 죽자!"

착!

남호걸은 나이프를 꺼내 들었다.

"호, 호걸아!"

그러자 남호걸 옆에 있던 양아치 놈들이 놀란 목소리로 불렀다. 이미 상황은 끝났다. 자신들이 패한 것이다.

하지만 남호걸은 이판사판으로 나이프를 앞세우고 현성을 향해 달려들었다.

"쯧. 어림도 없는 짓을."

현성은 다짜고짜 달려드는 남호걸을 바라보며 오른손을 내밀었다. 그리고 그대로 어이가 없을 정도로 손쉽게 나이프를 잡고 있는 남호걸의 팔을 꺾었다.

"악!"

쩔그렁.

너무나도 쉽게 남호걸은 나이프를 놓쳤다.

하지만 남호걸의 기세는 죽지 않았다.

"이거 놔! 이 새끼야! 빨리 안 놓으면 죽여 버릴 테다!"

'흠. 눈빛이 보통이 아니군. 무언가 있는 건가?'

눈에서 형형한 살기를 내뿜고 있는 남호걸을 바라보며 현성은 손을 들어 올렸다.

"잠시 진정 좀 하고 있거라."

'스턴.'

"컥!"

현성이 2서클 기절 마법을 시전하며 남호걸의 뒷목을 내려쳤다. 그러자 남호걸은 그대로 축 늘어지며 정신을 잃었다.

슬립으로 재워도 되었지만, 자신에게 칼을 들이댄 적도 있고, 이번 일의 주모자라는 사실이 괘씸했기에 스턴으로 기절시켰다.

아마 정신을 차리고 나면 두통이 심할 것이다.

"그럼 어디 이야기를 한번 들어볼까?"

남호걸을 제압한 현성은 아직 남아 있는 양아치 세 명을 바라보며 씩 미소를 지어 보였다.

*   *   *

고등학교 3학년이며 학교 일진인 남호걸.

지금이야 일진 소리 들으며 그를 따르고 있는 아이가 제법 있었지만, 중학교 시절 때까지만 해도 평범한 학생에 지나지 않았다.

하지만 남호걸이 고등학교 입학을 앞뒀을 때 인생의 전환점이 찾아왔다. 사업을 하던 아버지가 파산한 것이다.

그동안 남부럽지 않게 살던 남호걸의 삶은 아버지의 파산과 함께 풍비박산이 났다.

순식간에 수천만 원이 넘는 빚더미에 오른 것이다.

거기다 문제는 아버지가 사채업자들에게 돈을 빌렸다는 사실이었다.

하루가 멀다 하고 찾아오는 사채업자들의 횡포에 가정이 무너지고 인생이 무너지고 미래가 무너졌다.

늘어만 가는 빚에 꿈과 희망을 잃은 남호걸은 고등학교 입학 후 막 나가기 시작했다.

여기저기에서 사고를 치고 다니며, 마음에 들지 않는 녀석들에게 싸움을 걸고 다녔다.

그러다 보니 어느 틈엔가 학교의 장이 되고, 주변 일대를 주름잡는 폭력 서클의 장이 되었다.

또래 중에서는 주먹으로 남호걸을 이길 녀석이 없었다.

하지만 아무렇게나 막나가는 남호걸이 애지중지하는 인물

이 있었다.

바로 하나밖에 없는 여동생, 남효연이었다.

춤과 노래를 좋아하는 그녀는 밝고 낙천적인 성격의 소유자로 힘든 상황이 닥쳐도 미소를 잃지 않았다.

그녀의 미소에 가족들은 포기 하지 않고 악착같이 살았다.

만약 그녀가 없었다면 남호걸은 이미 오래전에 인생을 포기 했으리라.

하지만 남호걸 집안의 불행은 끊이지 않았다.

두 달 전, 갑자기 남효연이 정신을 잃고 쓰러진 것이다.

신경성 스트레스에 의한 과로였다. 겉보기와는 달리 남효연은 무리를 하고 있었다.

하긴, 그럴 수밖에.

집안이 무너졌는데 마음이 편할 리 없지 않은가?

그녀는 웃어도 웃는 게 아니었다.

단지 어두운 분위기의 집안 속에서 유일하게 밝게 행동하려고 애를 쓰고 있었을 뿐이었다. 그리고 가족들 몰래 아르바이트를 하고 있었다.

그 결과 남효연에게 찾아온 것은 뇌종양이라는 의사의 잔혹한 판정이었다.

그 후 언제나 밝은 미소를 달고 다니던 남효연의 얼굴에서 점차 웃음이 사라져 갔으며 시간이 지날수록 야위어져 갔다.

결국 한 달 전에 남효연은 병원에 입원했다.

하지만 차도는 없었다. 뇌종양 제거 수술을 받아야 되는데 수백만 원이나 되는 수술비를 집안에서 내지 못했기 때문이다.

오히려 병원비 때문에 빚만 더 늘어날 뿐이었다.

그 때문에 남호걸은 반년 전부터 돈에 불을 켜고 있었다.

닥치는 대로 애들을 닦달하며 돈을 뜯어냈으며, 학교 또한 출석 일수를 아슬아슬하게 빼먹으며 아르바이트를 다녔다.

남호걸의 친구인 양아치 세 명 또한 그러한 사정을 알고 있었기에 남호걸을 도와주었다.

그렇게 반년을 보냈지만 돈은 잘 모이지 않았다. .

그러던 중 남호걸에게 기회가 찾아왔다.

아이러니하게도 남호걸이 눈엣가시처럼 여기는 한진상으로부터 귀가 솔깃한 제안을 해온 것이다.

일만 성공하면 여동생의 수술비를 대주겠다는 한진상의 말에 남호걸은 넘어갈 수밖에 없었다.

"그래서 날 습격했다 이건가?"

"으, 웅."

남호걸을 기절시키고, 양아치 세 명을 닦달한 현성은 상황이 어떻게 돌아가고 있는 것인지 파악했다.

역시 예상대로 한진상 그놈이 개입되어 있었다.

"저놈 사정이 딱하다는 건 알겠다. 하지만 그렇다고 해서 네놈들이 하려고 한 짓을 용서할 수는 없는 노릇이지."

현성은 엄한 목소리로 훈계하듯 말했다.

그러자 현성의 앞에서 무릎을 꿇고 앉아 있던 양아치 세 명은 울상을 지었다.

　　"그, 그런……."

　　"그럼 우리를 대체 어떻게 할 생각이야……?"

　　양아치 녀석들은 조심스러운 눈초리로 현성을 바라봤다.

　　서른 명이나 되는 아이를 눈 깜짝할 사이에 쓰러뜨리고 전교 일진인 남호걸까지 가볍게 제압한 괴물 같은 녀석이었다.

　　그들은 현성의 눈치를 살피며 숨을 죽였다.

　　"너희가 걱정할 필요 없다."

　　그때 양아치들 옆에 있는 벤치에 누워 있던 남호걸이 눈을 뜨며 말했다.

　　"이번 일은 내가 독단으로 벌인 일이야. 내가 전부 책임지겠어."

　　"호, 호걸아……!"

　　양아치 녀석들은 놀란 눈으로 공원 벤치에서 주섬주섬 일어나는 호걸을 바라봤다.

　　"그보다 이 망할 놈들아! 왜 남의 가정사를 주저리주저리 늘어놓고 있어? 죽고 싶냐?"

　　"아, 아니 그게……."

　　양아치 녀석들은 남호걸의 말에 현성의 눈치를 살폈다.

　　그러자 남호걸의 시선이 현성을 향했다.

　　"뭐, 그렇게 됐다. 구워 먹든 삶아 먹든 네 마음대로 해라.

다만, 저 녀석들에게 피해는 주지 말아줬으면 좋겠다."

남호걸은 주변을 둘러봤다.

공원 바닥에는 아직까지도 정신을 차리지 못하고 널브러져 있는 서른 명의 아이가 있었다.

만약 오늘 있었던 일들이 알려지게 된다면 전부 정학을 당하게 될 것이다. 아니, 최악의 경우 전원 퇴학 조치가 내려질지도 모르는 일이었다.

최근 왕따 문제나 폭력 문제로 이야기가 많이 나오고 있는 실정이었기 때문이다.

그런 상황에 서른 명이나 되는 인원이 한 명을 괴롭히려고 했으니 학교 폭력 위원회에서 강수를 내릴지도 몰랐다.

"이 모든 일을 혼자 뒤집어쓰겠다고?"

"그렇다."

'호오… 제법 강단은 있군.'

혼자서 책임을 지겠다는 남호걸의 말에 현성은 호기심이 어렸다.

"그 말에 책임을 질 수 있나?"

"물론."

남호걸은 각오를 굳힌 얼굴로 현성을 바라봤다.

그러자 현성은 주먹을 들어 올리더니 남호걸의 얼굴을 후려쳤다.

퍼억!

"큭……."

남호걸의 고개가 옆으로 돌아갔다. 입안이 찢어지고 피가 살짝 튀었다.

비록 남호걸이 현성에 비하면 까마득하게 어린 나이었지만 아이들을 동원해서 괴롭히려고 했으며, 무엇보다 무기를 동원했다는 점이 괘씸했다.

현성이었으니 별탈 없이 넘어갔지, 일반인이었다면 사달이 났을 수도 있었다.

그러니 남호걸은 저지른 일에 합당한 책임을 져야 했다.

"이번 일은 이 정도로 봐주도록 하마."

"뭐?"

현성의 말에 남호걸은 놀란 얼굴로 고개를 번쩍 들었다.

"굳이 일을 크게 만들고 싶지 않다. 가족들이 걱정할 테니까."

현성의 말대로였다.

아직 현성은 병원에서 퇴원한 지 한 달도 채 되지 않았다.

만약 이번 일이 알려진다면 어떻게 될까?

가족들의 걱정이 생기는 것은 물론이고, 무엇보다 서른 명이나 되는 불량 학생을 혼자서 쓰러뜨렸다는 사실을 어떻게 설명해야 할지 골치 아팠다.

이번 일은 현성의 입장에서도 조용히 넘어가는 편이 나았다.

"그럼 용건은 이걸로 끝났군."

이번 일에 한진상이 개입되어 있다는 사실도 알아냈고, 남호걸에게 책임의 중요성을 가르쳐준 현성은 미련 없이 몸을 돌렸다.

"자, 잠깐, 설마 이대로 그냥 돌아가려고?"

"그럴 생각인데. 무슨 문제라도 있나?"

"……."

고개를 돌리며 묻는 현성의 말에 남호걸은 믿을 수 없다는 표정을 지었다. 이유야 어찌되었든 자신은 현성에게 나이프까지 들이대며 위협을 가했다.

그러니 이번 일을 눈감아주는 대신 무언가 구체적인 요구를 해올 줄 알았다.

그런데 단지 자신을 한 대 때리는 것으로 일을 마무리 지으려고 할 줄이야!

만약 자신이 현성이었다면 돈을 뜯어내려고 했을 것이다.

"아, 참."

공원을 떠나려던 현성의 발걸음이 멈췄다.

현성은 그 상태에서 고개만 돌린 채 남호걸을 바라봤다.

"두 번 다시 오늘 같은 일은 벌이지 마라. 그리고 학교 아이들을 괴롭히거나 하지 말고."

"어, 응……."

갑작스러운 현성의 말에 남호걸은 얼떨결에 대답했다.

"그럼 난 이만 간다."

현성은 그 한마디를 남기고 공원을 떠나갔다.

남호걸은 멍한 얼굴로 멀어져가는 현성의 등 뒤를 바라봤다.

"김현성이라……."

남호걸은 현성에게 맞은 뺨을 감싸 쥐며 중얼거렸다.

서른 명이나 되는 불량 학생을 제압하고, 주먹 하나로 학교를 평정한 자신을 여유롭게 상대하며 제압한 사내.

그뿐만이 아니라 아무런 요구 조건도 없이 이번 일을 불문에 붙이고 돌아가 버렸다.

남호걸은 하얀 달빛 아래에서 멀어져 가는 현성의 등이 거대해보였다.

*　　　*　　　*

다음날.

현성은 평소처럼 학교를 등교했다. 그리고 교실 문을 열고 들어가자 한진상이 놀란 표정으로 현성을 바라봤다.

"너, 너……?"

한진상은 두 눈을 부릅떴다.

멀쩡한 모습으로 등장한 현성의 모습을 이해할 수 없었던 것이다.

'설마 남호걸이 실패했나? 아니, 그럴 리가 없는데. 분명 서른 명을 동원해서 현성을 치겠다고 했으니 실패할 리가 없잖아?

한진상은 맹렬히 머리를 굴렸다.

어젯밤 한진상은 남호걸로부터 전화 보고를 받지 않았다.

하지만 보고가 없어도 당연히 남호걸이 현성을 손봐주었을 거라 생각했다.

그런데 현성이 멀쩡한 모습으로 등교를 할 줄이야!

"어젯밤 선물은 고마웠다. 잘도 내 경고를 무시했더군."

현성은 한진상을 보고서 씩 웃으며 말했다.

"……!"

그 말에 한진상은 숨이 멎을 정도로 놀랐지만 애써 태연한 얼굴로 현성을 바라봤다.

"무, 무슨 말을 하는지 모르겠는데. 괜히 생사람 잡지 마라."

"그럴 테지."

한진상의 말에 현성은 피식 웃었다.

한진상이 발뺌을 할 거라는 것쯤은 이미 예상한 일이었다. 그리고 어젯밤에 있었던 일 또한 한진상이 개입했다는 증언만 들었을 뿐이지 물증이 없었다.

어차피 어젯밤에 있었던 일들은 조용히 넘어갈 생각이었기 때문에 한진상이 발뺌을 하든 말든 상관이 없었다.

중요한 건 본인이 잘 알고 있다는 사실뿐이었으니까.

"뭐, 걱정하지 마라. 딱히 이번 일을 퍼뜨리거나 하진 않을 테니까."

현성은 안색이 창백한 한진상에게 웃으며 말했다.

사실 한진상이 자신을 향해 무슨 짓을 하든 신경 쓰지 않았다. 기껏해야 아직 머리에 피도 안 마른 녀석들인지라 하는 행동이 귀여울 뿐이었으니까.

도가 지나치다 싶으면 혼쭐을 내주면 될 일이었다.

"앞으로도 날 즐겁게 해주었으면 좋겠군."

현성은 미소와 함께 한마디를 남기며 한진상의 옆을 스쳐 지나갔다. 한진상은 멀어져 가는 현성의 등을 바라보며 인상을 찌푸렸다.

'나, 남호걸 이 새끼! 대체 어젯밤에 뭘 한 거야?'

무려 서른 명이나 되는 인원이 동원되었다. 김현성 한 명을 혼내주는 데 넘치고도 남을 전력이었다.

그런데도 현성은 멀쩡하게 나타난 것도 모자라 자신이 개입한 사실까지도 알고 있는 뉘앙스를 풍기는 게 아닌가?

'설마 배신한 건 아니겠지?'

그렇게밖에 생각할 수 없었다.

한진상은 남호걸과 만나 담판을 지어야겠다고 생각했다.

그리고 자신을 스쳐 지나간 현성의 등 뒤를 죽일듯이 노려봤다.

'언제까지 네가 기고만장해 있을지 두고 보자!'

한진상은 목구멍까지 올라온 말을 차마 내뱉지는 못하고

마음속으로만 외쳤다.

*　　　*　　　*

점심시간.

한진상은 패거리들을 이끌고 학교 건물 옥상을 찾았다.

그곳은 남호걸의 은신처였다. 진상은 남호걸을 만나서 직접 진의를 파악할 생각이었다.

"남호걸 형."

옥상에는 이미 남호걸과 양아치 세 명이 모여 앉은 채 담배를 피우고 있었다.

그런 그들을 바라보는 한진상의 표정은 좋지 못했다.

"대체 어떻게 된 거죠? 왜 김현성 그 자식이 멀쩡하게 있는 겁니까?"

"……."

남호걸은 말없이 담배 연기를 길게 내뿜었다.

그리고 밑도 끝도 없는 말을 내뱉었다.

"우린 손 뗀다."

"뭐라고요?"

"김현성이라고 했지? 우리 모두 그 녀석한테 아작 났다."

남호걸의 말에 한진상은 눈을 크게 치켜떴다.

"마, 말도 안 되는 소리 하지 마세요. 분명 서른 명이나 되는 인원을 동원한다고 했잖습니까? 그런데 아작 났다니, 어디서 그런 되도 않은 거짓말을 합니까? 혹시 그놈한테 붙은 거 아닙니까?"

"내가 그놈한테 붙어서 무슨 이득이 있지?"

"그건……."

한진상은 말꼬리를 흐렸다.

확실히 남호걸이 현성한테 붙어봐야 이득이 될 건 없었다. 오히려 자신한테 붙는 게 더 이득이 있을 터였다.

"그럼 정말로 그 녀석에게……?"

남호걸은 말없이 고개를 끄덕였다.

그러자 한진상은 기가 막힌다는 표정을 지었다.

"말이 되는 소리를 하시죠? 김현성 그 자식이 대체 무슨 재주로 서른 명이나 되는 인원을 쓰러뜨립니까? 그 새끼 불과 두 달 전만 해도 빵셔틀이나 하던 놈입니다. 싸움이라곤 쥐뿔도 못하던 녀석이에요."

"하지만 정말 그 녀석은 해냈다. 서른 명이나 되는 우리를 전부 쓰러뜨리고 나까지 쓰러뜨렸지."

"그런 바보 같은……."

한진상은 어이가 없는 표정을 지었다.

하지만 남호걸과 그의 패거리들의 얼굴을 보니 거짓말을 하는 것 같지는 않았다.

그때 한진상은 머릿속에서 한 가지 생각만 스쳐 지나갔다.

"그런데 호걸 형. 설마 저에 대한 걸 그놈한테 이야기하거나 하진 않았겠죠?"

한진상의 물음에 남호걸은 침묵했다. 하지만 이내 작은 목소리로 대답했다.

"미안하게 됐다."

그 말에 한진상은 사정없이 눈살을 찌푸렸다.

자신에 대한 정보가 현성에게 넘어갔다는 소리였으니 말이다. 아침에 있었던 현성의 태도를 이해할 수 있었다.

'하지만 물증은 없었을 테지.'

만약 물증이 있었다면 김현성 그 놈이 가만히 있을 리 없었다. 당장 학교나 경찰에 신고를 했을 터.

그 생각에 한진상은 남호걸을 향해 욕을 하며 소리쳤다.

"아, 시발! 돌겠네. 호걸 형, 지금 그걸 말이라고 해? 내가 드러나면 안 된다고 말하지 않았어? 일 처리를 이따위로 하면 형이나 나나 재미없다는 것쯤은 잘 알고 있잖아!"

한진상의 말에 남호걸과 그의 패거리의 분위기가 험악해졌다.

"야, 한진상. 너 말이 짧다?"

"아무리 그래도 그렇지 3학년 선배한테 무슨 말버릇이냐?"

"아 시발 몰라. 꼬우면 덤비든가. 나중에 인천 앞바다에 처박히고 싶으면 나도 안 말려."

"……!"

한진상의 말에 남호걸 패거리의 기세가 꺾였다.

한진상은 조직을 이끄는 보스의 아들.

정말로 자신들을 수장시켜 버릴지도 몰랐다. 법보다 주먹
이 더 가까웠으니까.

"그만 됐다. 이놈들이 한 말은 내가 사과하마. 화 풀어라."

남호걸은 씁쓸한 목소리로 말했다.

"말로 할 것 같으면 주먹이 왜 있어? 안 그래?"

말꼬리를 붙잡고 늘어지는 한진상의 말에 남호걸은 꿍꿍
이가 있음을 느꼈다.

"원하는 게 뭐냐?"

"형한테 한 번 더 기회를 주려고."

"난 손 뗀다고 말했다."

"그게 말이 된다고 생각해? 형도 이미 공범자야. 이제 와서
발뺌한다고 하면 내가 가만히 있을 거 같아?"

한진상의 말은 협박과 다름없었다.

그 사실을 누구보다 더 잘 알고 있는 남호걸은 얼굴을 찌푸
렸다.

하지만 칼자루는 한진상이 쥐고 있었다.

남호걸 집안이 지고 있는 빚의 대부분이 한진상의 아버지
가 보스로 있는 조직이 갖고 있었던 것이다.

즉, 한진상은 채권자의 아들이었다.

"형 집안을 생각해야지. 빚은 언제 다 갚을 생각이야? 요즘

빚 독촉이 뜸한 이유가 무엇 때문인지 잘 알지? 그리고 여동생 수술비도 있어야 하잖아, 안 그래?"

한진상은 능글능글 웃으며 남호걸의 속을 뒤집었다.

"……."

남호걸은 입을 꾹 다물었다.

그로서는 현성과 다시 대적하기 싫었다.

서른 명이나 되는 아이를 압도적으로 제압할 정도의 실력을 가진 현성을 대체 어떻게 상대한단 말인가?

하지만 자신은 한진상의 말을 거부할 수 없었다.

한진상 덕분에 빚 독촉에 시달리지 않고 있었으니까.

한 때 빚 독촉을 심하게 당할 때는 한진상이 속한 조직의 조폭들이 매일같이 찾아와서 행패를 부렸다.

그것을 현재 한진상이 막아주고 있었던 것이다.

그러니 남호걸은 한진상이 요구하는 일이라면 들어줄 수밖에 없는 입장이었다.

"김현성을 상대할 묘책이라도 있는 거냐?"

"물론."

한진상은 기분 나쁜 미소를 지으며 대답했다.

제 아무리 현성이 대단하다고는 해도 일개 고등학생에 지나지 않았다.

'프로 앞에서는 고양이 앞에 쥐새끼지.'

한진상의 아버지가 이끄는 조직에는 여러 방면의 프로가

즐비하게 있었다.

그들에 비하면 불과 두 달 전까지 빵셔틀이나 하던 김현성은 상대도 되지 않을 터였다.

"이번에야말로 성공하면 여동생의 수술비를 대주겠어."

"…알겠다."

한진상은 마지못한 얼굴로 고개를 끄덕였다.

바로 그때 한진상의 갤럭시 폰이 울렸다.

한진상은 폰을 받았다. 그리고 잠시 대화를 나누더니 통화를 끊고서 자신의 패거리를 바라봤다.

"운이 따르는군. 방금 아버지한테 전화가 왔다."

"오, 그럼 드디어?"

"그래."

드디어 기다리던 때가 온 것이다.

한진상 패거리들은 의미심장한 미소를 지었다.

'설마 조직원들을 끌어들일 생각인가?'

한진상 패거리의 심상치 않은 모습에 남호걸은 눈살을 찌푸렸다. 자세한 내막은 알 수 없었지만, 조금 전 한진상이 통화한 내용을 본다면 조직의 프로가 움직인다고 봐야 했다.

아무래도 한진상은 현성을 상대로 무언가 음모를 꾸미고 있는 모양이었다.

"그럼 호걸 형, 방과 후에 보자고. 허튼짓은 하지 않는 편이 좋아. 알겠지?"

"……."

남호걸은 아무 대답도 하지 않았다.

하지만 한진상은 무언을 긍정이라고 생각했는지 패거리와 함께 남호걸을 뒤로하고 옥상에서 내려갔다.

한진상 패거리가 사라지자, 남호걸의 패거리가 입을 열었다.

"호걸아……."

"됐다. 아무 말 하지 마라."

남호걸은 패거리의 말을 저지했다. 그리고 품속에서 신경질적으로 담배를 꺼내 물며 중얼거렸다.

"시발, 인생 한번 더럽네."

좋든 싫든 한진상의 말에 따를 수밖에 없는 현실이 남호걸은 마음에 들지 않았다. 빌어먹을 돈 때문에 말이다.

제 5 장
한진상의 음모

다음 날.

현성은 어제와 똑같은 시간에 등교했다.

드르륵.

교실 문을 열고 들어가자 창가 쪽 맨 뒷좌석에 뭉쳐 있는
한진상 패거리들이 보였다.

그놈들은 현성을 보더니 재빨리 고개를 옆으로 돌렸다.

그러자 반 내부에 미묘한 기류가 흘렀다.

언제나 현성을 괴롭히던 한진상 패거리가 고개를 돌리며
시선을 피하다니?

뜻밖의 상황에 반 아이들은 어리둥절한 표정으로 현성과

한진상을 번갈아 바라봤다.

"에이, 시발! 뭘 봐, 이 새끼들아."

자신과 현성을 힐끔힐끔 쳐다보는 반 아이들의 시선이 거슬렸는지 한진상은 인상을 찌푸리며 소리쳤다.

그러자 반 아이들의 시선이 휙 돌아갔다.

"야, 이진성. 이리 와봐."

한진상은 교탁에서 가까운 앞자리에 앉아 있는 남학생을 불렀다.

"왜, 왜?"

한진상에게 불린 남학생, 이진성은 주눅이 든 얼굴로 대답하며 자리에서 일어났다. 그리고 한진상이 있는 곳으로 주춤주춤 걸어갔다.

"빨리 안 오냐? 빵셔틀 2호 새끼 주제에 졸라 느리네."

"미, 미안!"

이진성은 빠르게 한진상의 옆으로 다가갔다.

한진상은 바로 옆에 다가온 이진상의 뒤통수를 툭툭 치며 말했다.

"매점 가서 모닝빵 사와라."

"지, 지금? 이제 곧 수업 시간인데……."

"아, 이 자식이 지금 내가 만만하게 보이나. 야, 빵셔틀 2호. 얼른 안 가?"

"아, 알았어."

서슬 퍼런 한진상의 말에 이진성은 주눅 든 얼굴로 대답하
며 매점에 가기 위해 몸을 돌렸다.

그 장면을 처음부터 끝가지 지켜본 현성은 살며시 눈에 힘
을 주며 한진상을 지그시 노려봤다.

"……!"

한진상은 송곳으로 푹푹 찌르는 느낌에 화들짝 놀란 표정
으로 주변을 둘러봤다. 그리고 현성이 자신을 무섭게 노려보
고 있는 모습을 볼 수 있었다.

"쳇."

한진상은 인상을 구겼다.

현성이 이진성을 건드리지 말라는 무언의 압박을 가하고
있었던 것이다.

"됐다. 그냥 가라."

한진상은 이진성을 향해 뭐 씹은 표정으로 말했다.

순간 반 전체가 한번 술렁였다.

상황은 명확했다. 3학년 선배들조차 손을 놓아버린 안하무
인하기 짝이 없는 한진상이 현성의 눈치를 본 것이다.

반 아이들은 신선한 충격에 휩싸인 얼굴로 현성을 바라봤
다.

하지만 현성은 자기 자리에 앉아 묵묵히 수업 준비를 하고
있었다. 그리고 그런 현성에게 이진성이 다가왔다.

"고, 고마워."

"고마워할 필요 없다. 별일 아니니까."

"으, 웅⋯⋯."

이진성은 말꼬리를 흐리며 대답했다.

이진성은 컴퓨터 프로그램 쪽에 일가견이 있는 인재라고 평가받고 있었지만, 유약한 성격과 긴장하면 말을 더듬는 버릇 때문에 자신감이 부족했다.

그 때문에 현성이 자살을 시도했다는 소식을 듣고 다시 봤을 때는 귀신이 되어 나타난 줄로만 알았었다.

"저, 저기⋯⋯."

"⋯⋯?"

진성은 현성에게 무언가 할 말이 있는지 작은 목소리로 말을 걸었다. 그러자 현성은 의아한 눈으로 진성을 바라봤다.

"무슨 할 말이 있나?"

"그, 그게⋯⋯."

진성은 무언가 할 말이 있어 보였지만, 주저하고 있었다. 그 모습에 현성은 인자해 보이는 미소를 지으며 말했다.

"부담 갖지 말고 말해봐라. 무슨 말이든 들어줄 테니."

"⋯⋯!"

현성의 말에 진성은 마음을 굳힌 듯 결연한 표정을 지었다.

"미, 미안해!"

"뭐가?"

다짜고짜 미안하다는 진성의 말에 현성은 의아한 표정을

지었다.

"일요일에 동네에서 나 구해줬을 때 말이야."

"그때 일 말이군."

현성은 피식 웃었다.

양아치들로부터 구해준 자신을 진성이 '귀신이다!' 라고 소리치면서 도망가던 모습이 떠오른 것이다.

"그게 왜?"

"실은 그때 양아치들이 우리 학교 선배야."

'호오?'

진성의 말을 들은 현성은 어떻게 돌아가고 있는 상황인지 대충 눈치 챘다.

"그래서?"

"그 선배들이 폭력 서클의 일원이거든. 그게 그래서……."

진성은 말꼬리를 흐렸다. 하지만 현성은 진성이 말하려는 요지를 파악했다. 요컨대, 자신 때문에 현성이 폭력 서클에게 찍혀서 위험해지지 않을까 걱정하고 있었던 것이다.

"무슨 말인지 알겠다. 걱정하지 마라. 내가 알아서 잘 처신할 터이니."

현성은 피식 웃으며 대수롭지 않다는 얼굴로 말했다.

그러자 진성은 감탄과 놀람이 깃든 눈으로 현성을 바라봤다.

"너 정말 현성이 맞아?"

"그럼 내가 누구로 보여? 아직도 귀신으로 보이나?"

"아, 아니 그게 아니라……."

씩 웃는 현성의 말에 진성은 다급히 고개를 흔들었다.

그리고 현성에게 살짝 고개를 숙이며 말했다.

"정말 고맙다."

양아치들과 한진상의 손아귀에서 자신을 구해준 김현성.

이진성으로서는 정말 고마울 수밖에 없었다.

"쯧. 고마워할 필요 없다니깐."

"그래도."

진성은 살짝 미소를 지었다.

그때 반 아이 중 한 명이 교실로 들어오면서 소리쳤다.

"야, 담임쌤 온다!"

그 말에 반 아이들은 전부 자기 자리로 돌아가 앉았다.

잠시 후, 담임선생님이 교실에 들어오면서 오늘도 하루가 시작되었다.

*   *   *

체육 시간.

고등학교 수업 시간 중에서 일주일에 한 번밖에 없는 황금 같은 시간이다.

운동장에서 혈기왕성한 남학생들은 축구를 하고 있었으

며, 여학생들은 피구를 하고 있었다.

"야! 이쪽으로 패스해!"

"디펜스는 뭐하냐? 빨리 공 안 막아?"

공이 양 진영을 왔다 갔다 할 때마다 남학생들은 목이 터져라 고함을 쳤다.

현성 또한 그들 사이에 끼여서 수비수를 맡고 있었다.

'잘들 논다.'

골대 앞에 서서 우르르 몰려다니는 아이들을 바라보며 현성은 피식 웃었다.

그때 상대팀 진영에 변화가 생겼다.

현성이 있는 쪽 진영으로 갑자기 공이 날아오기 시작한 것이다. 상대팀 진영 쪽 수비수가 공을 크게 걷어낸 모양이었다.

"좋아!"

공중에서 크게 포물선을 그리며 떨어진 공은 상대팀 공격수인 한진상의 발밑에 떨어졌다.

"윽, 진상이다."

그것을 본 현성이 속한 팀의 남학생들은 긴장했다.

한진상은 축구부에서 스카우트를 하려고 할 정도로 실력이 뛰어났기 때문이다. 그리고 거의 모든 운동부에서 한진상을 원하고 있었다. 그만큼 어렸을 때부터 몸을 단련해 온 한진상의 신체 능력은 또래에 비해 월등했다.

"전부 다 비켜!"

공을 잡은 한진상은 맹렬하게 골대를 향해 달려갔다.

대부분 상대팀으로 원정을 나간 탓에 수비수들은 몇 남아 있지 않았다. 한진상은 눈 깜짝할 사이에 수비수들을 제치며 골대를 향해 돌진했다.

그런 그의 눈에 수비수로 있는 현성의 모습이 보였다.

'훗!'

현성을 발견한 한진상은 비웃음을 날렸다.

지금까지 받아온 굴욕을 축구로나마 풀 생각이었던 것이다. 축구는 한진상이 가장 자신 있는 구기 종목이었다.

현성에게 질 거라고는 눈곱만큼도 생각하지 않았다.

한진상은 한층 스피드를 올리며 현성을 향해 돌진했다.

'가소롭군.'

현성은 자신을 향해 돌진해오는 한진상을 바라보며 한쪽 입꼬리를 치켜 올렸다. 그리고 피하기는커녕 오히려 한진상을 향해 마주 달려 나갔다.

몇 초 지나지 않아 서로 맞붙게 된 현성과 한진상.

현성은 한진상이 드리블 중인 공이 최대한 앞으로 튀어나왔을 때 슬며시 발을 내밀었다. 그러면서 살짝 오른쪽으로 빠지며 공과 함께 몸을 회전시켰다.

그 순간 현성의 옆으로 한진상이 스쳐 지나갔다.

그야말로 예술적이라고 표현해야 할 만큼 완벽한 타이밍

과 몸놀림이었다.

순식간에 공을 가로챈 현성은 뒤로 빠진 한진상을 돌아봤다.

"훗."

현성은 한진상을 향해 가볍게 코웃음을 쳐주고는 상대팀 진영 쪽으로 달리기 시작했다.

'저, 저 자식이!'

감히 빵셔틀이었던 놈이 자신을 비웃다니!

한진상은 분통이 터지는 얼굴로 현성의 등을 노려봤다.

하지만 이미 현성은 공을 몰고 저 멀리 뛰어가고 있었다.

"뭐, 뭐해?"

"막아!"

현성이 혼자서 드리블을 하며 진격하기 시작하자 상대팀에서 고함 소리가 울려 퍼졌다. 그리고 현성을 막기 위해 움직였다. 하지만 아무도 현성의 진격을 막을 수 없었다.

현성은 마치 공을 찰 것처럼 하다가 공을 뒤로 빼내는 크루이프 턴으로 상대편을 따돌리는가 하면, 전진하는 공을 잠깐 멈춘 다음 몸을 회전하면서 발로 공을 굴리며 이동 방향을 바꾸는 마르세유 턴으로 상대편을 제치기도 했다.

그리고 고난이도 기술인 공을 머리 위로 넘기는 사포를 구사하며 상대편 수비수들을 돌파한 현성은 어느새 골대 앞까지 와 있었다.

"슛!"

그때 누군가가 슛을 외쳤다. 그 뒤를 이어 축구를 하고 있던 남학생들 모두 슛을 외치기 시작했다.

현성은 축구 골대를 노려봤다.

골대 중앙에서 긴장한 얼굴로 이쪽을 바라보는 골키퍼의 모습이 보였다.

'목표는 좌측 상단 아슬아슬한 지점까지!'

현성의 오른발이 뒤로 크게 물러났다. 그리고 눈에 보이지 않는 속도로 공을 찼다.

퍼엉!

그 직후 무슨 대포라도 쏘는 듯한 소리가 울려 퍼지며 축구공이 골대를 향해 쇄도했다.

철그렁!

골네트가 터져 나갈 것처럼 팽팽하게 당겨진다.

골네트에 꽂혀 있는 공은 맹렬한 기세로 회전을 하고 있었다. 그리고 잠시 후, 회전력을 잃은 공은 바닥에 떨어졌다.

"고, 골인!!"

현성의 팀에서 환성이 터져 나왔다.

온갖 개인기를 구사하며 결국 현성은 혼자서 수많은 상대를 제치고 골을 넣은 것이다.

반 아이들은 믿을 수 없다는 눈으로 현성을 바라봤다.

그들이 알고 있는 현성은 결코 이렇게 축구를 잘하지 못했다. 그동안 축구를 하는 둥 마는 둥 하면서 구석에서 조용히 지내왔던 것이다.

그런데 방금 전 개인기는 대체 무엇이란 말인가?

프로 축구 선수들이나 쓸 법한 개인기를 완벽히 구사하며 수비수들을 제치다니!

축구를 하던 남학생들은 현성을 향해 몰려들었다.

그리고 그런 현성의 모습을 한진상은 죽일듯이 노려봤다.

'김현성 저 빌어먹을 놈이……!'

한진상은 현성이 자신을 바보 취급하고 있다고 생각했다.

1:1 상황에서 자신을 농락하고 비웃은 것도 모자라 그대로 골까지 집어넣었으니 말이다.

'언젠가 반드시 네놈을 내 발밑에서 기게 만들어주마!'

한진상은 현성을 향해 분노를 불태우며 굳게 맹세했다.

어느덧 수학 시간.

아마 많은 고등학생들이 골치 아파하는 시간일 것이다.

특히 40대 초반의 수학 선생님이 칠판에 어려워 보이는 문제를 적어놓고 빙그레 웃으며 자신들을 바라보고 있다면 더더욱.

긴장감이 감도는 교실에서 수학 선생님이 입을 열었다.

"얘들아, 오늘이 며칠이냐?"

"13일요."

"그래?"

짧은 대화를 끝으로 학생들은 안도했다.

희생양이 누가 될지 이미 정해진 것이나 다를 바 없었기 때문이다.

"그럼 31번 나와."

"……!"

하지만 수학 선생님은 녹록하지 않았다.

반 아이들의 생각을 뛰어넘은 번호를 호명한 것이다.

그 덕분에 지옥에서 천국으로, 천국에서 지옥으로 떨어진 학생들이 생겨났다.

"31번! 31번 한진상! 빨리 나와서 문제 풀어라."

"예……."

천국에서 지옥으로 떨어진 학생들 중 한 명인 한진상은 마지못한 얼굴로 대답하며 일어났다.

'13번이나 쳐 부를 것이지 왜 31번을 부르냐고!'

한진상은 속으로 투덜거리며 칠판 앞에 섰다.

"……"

칠판 앞에 선 한진상은 하얀 분필을 손에 들고 멍한 표정을 지었다.

'무슨 문제가 이렇게 복잡해?'

수학 선생님이 낸 문제는 이미 배운 부분이긴 하지만 수식이 복잡하게 꼬여 있었다.

한진상은 분필을 든 팔을 내리며 말했다.

"잘 모르겠습니다."

"쯧쯧. 이런 것도 못 풀어?"

수학 선생님은 한심스러운 표정으로 한진상과 반 아이들을 바라봤다. 그리고 출석부를 향해 시선을 향했다.

그러자 반 아이들의 긴장감이 오르기 시작했다.

앞 번호를 부를 것인가, 아니면 뒷 번호를 부를 것인가!

그것이 반 아이들의 최대 관심사였다.

"다음 21번 나와."

"예."

선택된 번호는 뒷 번호였다. 앞 번호가 30번 대인 아이들은 속으로 안도의 한숨을 내쉬었다.

그리고 이번에 선택된 인물은 한진상 패거리 중 한 명이었다.

"……."

칠판 앞에 선 그도 답을 모르기는 한진상과 마찬가지였다.

문제를 풀지 못하는 한진상과 그의 모습에 수학 선생님은 혀를 찼다.

"쯧쯧. 어떻게 이놈이나 저놈이나 똑같냐? 다음 11번 나와."

그 말에 현성이 조용히 일어섰다.

그러자 순간 수학 선생님의 얼굴에 살짝 당혹감이 어렸다.

"아, 현성이 너였냐? 넌 괜찮으니까 그냥 앉아라. 다음은……."

"선생님."

현성은 자신을 그냥 넘어가려고 하는 수학 선생님을 조용히 불렀다. 그리고 담담한 목소리로 말했다.

"그 문제 제가 풀어보겠습니다."

현성의 말에 수학 선생님은 놀란 표정을 지었다.

지금 학교 선생님들 사이에서 현성은 요주의 인물이었다.

두 달 전 자살 소동을 일으킨 탓에 관심을 갖고 지켜보라는 말이 교무실에서 매일 나왔던 것이다.

"별로 무리하지 않아도 되는데……."

수학 선생님은 말꼬리를 흐리며 대답했다.

하지만 이미 현성은 자리에서 벗어나 교실 앞으로 나가고 있었다. 어느새 칠판 앞에 선 현성은 문제를 지그시 노려봤다.

'흠. 그다지 어려운 문제는 아니군.'

이드레시안 차원계에서 현성은 8클래스의 벽을 뚫은 대마법사였다. 지금 눈앞에 있는 문제는 대충 3클래스 수식 정도되었다. 어느 정도 문제를 파악한 현성은 이내 하얀 분필을들고 계산을 하기 시작했다.

수 분이 지난 후, 현성은 분필을 내려놓았다.

"다 풀었습니다."

처음부터 끝까지 현성이 문제를 풀고 있는 모습을 지켜본 수학 선생님은 기특한 표정을 지으며 입을 열었다.

"공부 좀 했구나."

수학 선생님의 얼굴에는 대견하다는 표정이 떠올라 있었다.

비교적 어려운 문제였지만 현성이 술술 풀어낸 것이다.

어디 그뿐인가?

자살 소동을 일으키고 다시 복학했다는 이야기를 들었을 때는 걱정스러웠다. 하지만 수업도 잘 따라오고 있었으며 아직까지 별다른 문제를 일으키지도 않았다.

그 사실에 수학 선생님은 현성을 기특한 얼굴로 바라봤다.

그리고 반 아이들을 둘러보며 입을 열었다.

"모두 현성이 봤지? 너희들도 공부 열심히 해라. 이런 문제의 유형이 수능에 나온다. 알겠냐?"

"예."

"자, 그럼 이제 다들 들어가라."

수학 선생님의 말에 현성은 자기 자리로 돌아갔다.

그런 현성을 반 아이는 모두 신기한 눈으로 바라봤다.

체육 시간 때 활약한 것도 그렇고, 이번에 어려운 수학 문제를 푼 것도 그렇고.

예전과 많이 달라졌다는 사실을 깨달은 것이다.

불과 두 달 전 현성의 모습은 어떠했던가.

항상 한진상 패거리에게 무시를 당하고 빵셔틀 취급을 당해왔다. 거기다 머리도 나빠서 성적은 중하위권 밑이었으며, 운동도 젬병이었다.

그 때문에 반 아이 대부분은 현성을 은연중에 무시하고 있었다.

그런데 이제는 완전히 달라져서 한진상을 압도하기 시작한 것이다. 보는 눈이 달라질 수밖에 없었다.

그런 반 아이들의 분위기를 감지한 한진상은 현성을 향해 분노를 불태웠다.

*　　　*　　　*

반 아이들은 예전보다 성격이 밝아진 현성과 친하게 지내기 시작했다. 현성 또한 그들을 마다하지 않고 어울렸다.

예전과는 다른 학창 시절을 지내기로 마음먹은 것이다.

'기왕 학교에 다니게 된 거 즐겨야 하지 않겠는가.'

현성은 긍정적으로 생각했다.

하지만 현성의 학창 시절은 생각만큼 순탄치 않을 것 같았다. 현성을 눈엣가시처럼 여기고 있는 한진상을 비롯해서, 점심시간에 현성을 스쳐지나간 세 명의 학생 때문이었다.

"야, 방금 지나간 놈 그때 그놈 아니냐?"

한눈에 봐도 불량해 보이는 학생 세 놈 중 한 명인 김광수가 계단을 올라가다 말고 고개를 갸웃거리며 입을 열었다.

"그놈이라니?"

"누구 말이야?"

그 말에 남은 두 명이 의아한 표정을 지으며 대답했다.

"왜, 최근에 우리 건드린 놈 있잖아."

"아, 그 새끼."

"시발."

김광수의 말에 녀석들은 입에서 육두문자를 내뱉었다.

지금도 그때를 생각하면 이가 갈렸다.

자신들이 누구인가?

학교 주변 일대를 주름 잡고 있는 폭력 서클의 일원이었다. 그 덕분에 이 일대의 고등학교 학생들은 자신들을 보면 설설 기면서 다녔다.

그런 자신들을 건드리다니.

"설마 그 새끼 우리 학교 학생이었어?"

"그런 것 같다."

"시발. 등잔 밑이 어둡다더니 딱 그 꼴이네."

그렇지 않아도 애들을 동원해서 겁도 없이 자신들을 건드린 놈을 찾으려고 준비 중에 있었다.

그런데 설마 자신들과 같은 학교 학생이었을 줄이야.

"어쨌든 잘됐다."

"그러게. 현수한테 이야기하고 애들 좀 모으자."

"최대한 많이 동원시켜. 그 새끼 뭐 좀 배웠는지 보통이 아니었으니까."

"당연하지. 다구리 앞에 장사 없다. 그리고 연장 좀 챙겨 가면 될 거 아니야."

"그렇긴 하지."

녀석들은 뭐가 그렇게 즐거운지 서로를 쳐다보며 키득키득거리며 자신들의 교실로 향했다.

자신들을 건드린 놈이 같은 학교인 이상 이미 다 찾은 것이나 다를 바 없었다. 학교 전체가 자신들의 안방이나 다름없었으니 말이다.

*　　　*　　　*

"빌어먹을 새끼!"

점심시간 학교 강당 뒤편.

그곳에서 한진상 패거리들은 담배를 뻐끔뻐끔 피우며 현성을 향한 분노를 삭이고 있었다.

특히 한진상의 분노는 상상을 초월했다. 현성 때문에 자존심과 체면이 완전 박살이 나 있었으니 말이다.

"그만 좀 해라. 김현성 그놈이 뭐라고 그렇게 화를 내?"

"그래 맞아. 그놈이 강하다고 해봤자 고딩 아니냐? 형님들이 움직이면 그놈 하나 묻는 거 일도 아니잖아."

드립퍼와 비둘기는 열이 받아서 욕을 한가득 내뱉고 있는 한진상을 바라보며 어색한 미소로 말했다.

그러자 한진상은 인상을 팍 찡그렸다.

"야, 이 새끼들아! 지금 그걸 말이라고 하냐? 내가 그놈 때문에 얼마나 짜증이 나 죽겠는데 개소리를 늘어놓고 있어! 네놈들은 그럼 빵셔틀 새끼 눈치 보면서 지내는 게 괜찮다고 생각하는 거냐?!"

"그건 아니지만……."

"그럼 닥치고 있어!"

"……."

한진상이 윽박지르자 패거리는 잠잠해졌다.

그리고 말없이 담배만 주구장창 피워댔다. 그들 또한 현성에게 본때를 보여주고 싶었다.

하지만 두 달 만에 다시 본 현성은 너무나 달라져 있었다.

더 이상 자신들의 손에서 어떻게 할 수 없다고 생각될 정도로.

그래서 때를 기다리고 있었다.

한진상의 아버지가 보스로 있는 조직의 형님들이 움직일 수 있는 때를 말이다.

"저기……."

그때 패거리 중에서 정상인으로 통하는 이재영이 조심스럽게 입을 열었다.

"그냥 김현성 그놈 내버려 두는 게 낫지 않을까? 괜히 그놈 건드렸다가 뭔가 잘못될 것 같다는 생각이 자꾸 들어."

"그게 무슨 헛소리야?"

재영의 말에 한진상은 눈살을 찌푸렸다.

김현성 그놈을 씹어 먹어도 모자를 판에 내버려 두자니.

자연스럽게 한진상의 눈이 날카로워질 수밖에 없었다.

"그렇잖아? 세 달 전에 자살 소동을 일으킨 놈이니 무슨 짓을 할지 알 수도 없고, 형님들이 움직이면 그냥 끝나겠어? 분명 피를 보게 될 텐데 괜히 우리한테 피해가 오는 게 아닌가 싶어서. 그냥 그놈 무시하고 지내는 게 좋지 않을까?"

재영의 얼굴에는 걱정이 한가득 묻어 있었다.

이대로 가다간 정말 큰 일이 생길 것 같은 생각이 들었다. 만에 하나 한진상 가문의 조직에 속한 형님들이 움직이면 일은 걷잡을 수 없이 커질 게 분명했다.

아직 고등학생인 재영은 되도록 일을 크게 벌이고 싶지 않았다.

퍼억!

"컥!"

그 순간 갑자기 한진상이 말을 꺼낸 재영의 뒤통수를 후려쳤다. 그 일격에 재영은 땅바닥에 쓰러졌다.

그 위로 한진상의 발길질이 이어졌다.

"야 이 미친 새끼야! 내가 그 개 같은 놈한테 무슨 꼴을 당했는데! 그런데 뭐? 그냥 내버려 두자고? 미쳤냐!"

"컥! 그, 그만……!"

"닥쳐, 이 새끼야!"

한진상은 무자비하게 재영을 발로 차댔다.

감히 자신에게 건방진 말을 지껄이다니.

도저히 용서가 되지 않았다.

"야야, 진상아! 그만해라!"

뒤늦게 나머지 두 명이 한진상을 붙잡으며 말리기 시작했다. 하지만 한진상은 요지부동이었다.

"이거 놔, 이 새끼들아! 네놈들도 김현성이랑 같이 매장시켜줄까?!"

"……"

그 말에 나머지 두 명은 멈칫거렸다.

그들은 한진상이 어떤 인물인지 잘 알고 있었다.

기분이 좋을 때는 잘해주지만, 한번 맛이 가버리면 눈에 보이는 게 없어지는 놈이었다.

저런 말을 할 정도면 이미 상당히 맛이 간 상태이며, 정말 말대로 실행할지도 몰랐다.

그 때문에 패거리들은 땅바닥에 쓰러져 있는 친구에게 동정의 눈빛을 보내는 것밖에 할 수 없었다.

"시발 새끼! 감히 나한테 그딴 망발을 지껄여? 어디 한번 뒤져봐라!"

한진상은 재영을 현성이라고 생각하는 모양인지 그동안 쌓여온 분풀이를 하기 시작했다.

그렇게 얼마나 시간이 지났을까.

재영은 땅바닥에 쓰러진 채 신음 소리만 흘렸다.

그 모습을 한진상은 씩씩대며 노려봤다.

하지만 분이 풀리지 않았다. 김현성 그 놈을 재영이처럼 만들지 않는 이상 말이다.

"아무래도 안 되겠어. 그 자식 나대는 꼴을 더 이상 보고 싶지 않아."

이미 한진상은 아버지에게 도움을 요청한 상태였다. 그래서 아버지로부터 연락이 오면 행동할 예정이었지만, 이미 한진상의 인내심은 바닥을 드러내고 있었다.

*   *   *

시간은 쏜살같이 흘러 방과 후가 되었다.

학교 수업이 끝난 현성은 여느 때처럼 집으로 돌아가고 있었다.

"……?"

그때 갑자기 스마트폰이 울렸다. 처음 보는 번호였지만 현성은 전화를 받았다.

"누구세요?"

─여. 나야. 잘 지내고 있었냐?

"너는……."

어디서 많이 들어본 목소리가 스마트폰에서 들려왔다.

현성은 이내 목소리의 주인공을 알아차렸다.

"한진상이로군. 네가 나한테 무슨 볼일이지?"

─뭐, 별건 아니고. 그냥 너한테 알려줘야 할 일이 있어서.

"호오? 그게 뭐지?"

"……."

현성의 질문에 한진상은 잠시 침묵하더니 낮게 깐 목소리로 빠르게 말했다.

─네 여동생을 데리고 있다. 오늘 밤 인천 항구에 있는 폐창고로 와라. 정확한 위치는 톡으로 보내주마.

"뭐?"

생각지도 못한 말에 현성은 반문했다. 하지만 전화는 이미 끊어져 있었다.

스마트폰을 쥐고 있는 현성의 손에 힘이 들어갔다.

한진상의 말을 유추하면 자산의 여동생이 납치를 당했다는 소리였다.

현성은 급하게 어디론가 전화를 걸었다.

"……."

한참 동안 스마트폰을 붙들고 서 있었지만, 상대방은 전화를 받지 않았다.

"빌어먹을!"

현성이 전화를 건 상대는 다름 아닌 자신의 귀여운 여동생이었다.

비록 현재는 자신의 잘못된 선택 때문에 오빠 취급도 받지 못하고 있었지만, 머지않아 가족들을 부양하면서 현아의 생각을 돌릴 작정이었다.

'감히 내 여동생을 납치해?'

현성은 조용히 살기를 내뿜었다.

지금까지 한진상이 무슨 짓을 하든 웃으며 넘길 생각이었다. 비록 과거에 자신을 자살로 몰아간 일이 있긴 했지만, 그건 이미 현성에게 있어서 먼 과거의 일이었으며 최근 한진상이 벌이는 일들은 귀여운 수준에 지나지 않았다.

하지만 여동생을 납치했다면 이야기는 달라진다.

자신의 소중한 가족을 건드렸다는 소리였으니까.

"만약 내 여동생을 건드렸다면… 지옥을 보여주지."

60년 만에 다시 만난 소중한 가족들.

자신에게 무슨 짓을 하던 상관이 없었지만 가족들에게 위해를 가한다면 절대 용서하지 않으리라.

현성은 시리도록 차가운 표정을 지으며 한진상이 오라고 한 창고를 향해 발걸음을 옮기기 시작했다.

제 6 장
납치 그리고 구출

"이곳인가?"

어둠이 완연히 내린 밤.

현성은 인천 항구에 위치해 있는 허름한 창고 앞에서 모습을 드러냈다.

한진상이 톡으로 보낸 사진에는 인천 항구에 위치한 수많은 창고 중에서 한 곳이 표시되어 있었다.

그곳은 한진상 집안의 조직이 관리하고 있는 물류 창고 중에 하나였다.

그리고 창고 안에서 무슨 일이 생겨도 조직이 관리하고 있었기 때문에 자체적으로 처리할 수 있었다.

한진상은 현성을 제대로 말려 죽일 작정이었던 것이다.

"……."

어둠이 내리깔린 창고의 풍경은 을씨년스럽기 짝이 없었다.

현성은 아무 말 없이 터벅터벅 문이 반쯤 열려 있는 창고로 향했다. 창고 안에서는 전등 빛이 흘러나오고 있었다.

"왔군."

현성이 창고 안으로 들어서자 사내의 목소리가 들려왔다. 현성은 소리가 들려온 쪽을 바라봤다.

"네놈들은……."

창고 내부를 확인한 현성은 눈살을 찌푸렸다.

창고 안에 한진상이 있을 줄 알았는데 없었던 것이다. 다만, 삼십대로 보이는 사내 두 명이 있었다.

한 명은 키가 180cm에 육박하는 거구였으며, 다른 한 명은 160cm 후반으로 보이는 몸집이 작은 사내였다.

한 가지 특이한 점은 그들 모두 얼굴이 매우 닮은 쌍둥이라는 사실이었다.

"네가 김현성이냐?"

"그렇다면?"

키가 큰 삼십대 사내, 이상혁의 말에 현성은 날카로운 눈으로 대답했다.

그러자 쌍둥이 형제는 입가에 비웃음을 띄웠다.

"어린놈이 말이 짧군."

"교육 좀 시켜줘야겠는데?"

철컥!

쌍둥이 형제는 다짜고짜 나이프를 꺼내 들었다.

나이프 날에 하얀 전등 빛이 위협적으로 반짝인다. 나이프를 들고 있는 폼을 보니 아마추어가 아니었다.

'프로로군.'

현성의 눈매가 가늘어졌다.

"현아는 어디에 있지? 내 여동생에게 손끝 하나 건드렸으면 각오해야 할 거다."

"흥. 건방진 놈이로군. 걱정 마라. 네 여동생은 저쪽에 무사히 있으니깐."

이상혁이 창고 한쪽을 손가락으로 가리키자 자연스럽게 현성의 시선이 그쪽을 향했다.

이윽고 창고 기둥에 묶여 있는 현아를 볼 수 있었다. 입은 테이프로 막혀 있었으며, 손과 발은 밧줄로 묶여 있었다.

'음?'

순간 현성은 의아한 표정을 지었다.

생각지도 못한 인물이 현아 앞에서 쓰러져 있는 모습이 보였던 것이다.

"남호걸? 이놈이 왜 여기에……."

현아 앞의 쓰러져 있는 남호걸은 이미 당한 모양인 듯 여기저기에 상처를 입고 있었으며 옷차림 또한 너덜너덜해져 있었다. 그리고 현아의 곁에는 항상 한진상과 몰려다니던 드립퍼와 비둘기 녀석이 불안한 표정으로 서 있는 모습도 보였다.

"네놈들……."

현성은 매서운 눈으로 그들을 노려봤다.

그러자 패거리는 움찔 놀란 표정을 지었다가 이내 고개를 돌리며 딴청을 피웠다.

"현아야!"

현성은 한걸음에 현아가 있는 곳으로 다가갔다. 그리고 현아의 입을 막고 있는 테이프를 뗐다.

"오, 오빠……."

현아는 현성을 보더니 참았던 울음을 터뜨렸다. 그녀는 지금 상황을 이해할 수 없었다.

학교를 마치고 집으로 귀가 하던 도중 난데없이 납치를 당해 아무도 없는 창고로 끌려왔던 것이다.

"괜찮아. 이제 내가 왔으니까 아무 걱정할 거 없어."

현성은 놀란 가슴을 진정시키고 있는 현아의 머리를 부드럽게 쓰다듬으며 말했다. 그리고 한진상 패거리 두 놈을 매섭게 노려봤다. 그 눈빛에 한진상 패거리는 화들짝 놀라며 현성과 현아로부터 떨어졌다.

"그런데 이 녀석이 왜 이곳에 있는 거지?"

현성은 바닥에 널브러져 있는 남호걸을 바라봤다. 남호걸은 정신을 잃었는지 꼼짝도 하지 않고 있었다.

"오빠, 이 사람 알아?"

"조금."

"이 오빠 원래 저쪽 사람인 모양이던데 날 도와주려고 했어."

"뭐?"

현아의 말에 현성은 놀란 표정을 지었다.

남호걸이 현아를 도와주려고 했다니 의외였다.

'빚을 졌군.'

자신의 가족을 도와주려고 했다는 사실에 현성은 남호걸을 부드러운 눈빛으로 바라봤다.

"거기까지다. 여동생을 구하고 싶거든 우리를 밟고 지나가야지."

"뭐, 밟고 지나갈 수 있을 때 이야기지만."

쌍둥이 형제는 한마디씩 내뱉으며 키득키득 비웃음을 흘렸다.

"그런가? 간단한 일이로군."

"뭐? 이 새끼가 겁을 상실했나!'

쉬익!

현성의 말에 분개한 이상현이 들고 있던 나이프 한 자루를 다짜고짜 던졌다.

나이프는 공기를 가르며 현성을 향해 쇄도했다

그것을 본 현성은 나이프를 피하기 위해 움직이려다가 몸을 멈췄다.

지금 현성의 등 뒤에는 현아가 있는 상황.

피한다면 꼼짝없이 현아가 맞고 말 것이다.

현성은 왼팔을 치켜들었다.

챙!

"……!"

현성은 이상현이 날린 나이프를 쳐냈다. 2클래스 실드 마법을 응용하여 손 주위에 생성시켰던 것이다.

"호오? 고등학생밖에 안 되는 놈이 감히 내 나이프를 받아 쳐?"

그 사실을 알 리 없는 이상현은 이채가 서린 눈빛으로 현성을 바라봤다. 지금까지 그가 날린 나이프를 받아 쳐낸 사람은 손가락에 꼽을 정도로 드물었다.

그런데 아직 머리에 피도 안 마른 녀석이 자신의 나이프를 가볍게 쳐내다니?

"오, 오빠!"

현성이 나이프를 쳐내자 현아는 놀란 눈으로 현성을 바라봤다.

"걱정하지 마라. 저놈들이 너한테 손가락 하나 건드리지 못하게 해줄 테니까."

"하, 하지만……."

"괜찮아. 오빠 믿지?"

현성은 아무렇지도 않다는 얼굴로 웃으며 현아의 머리를 쓰다듬어주었다. 그리고 그대로 1클래스 마법을 시전했다.

'슬립.'

현아는 조용히 잠이 들었다.

현성은 자리에서 일어나 쌍둥이 형제들을 바라봤다.

"건방진 녀석. 어디 이것도 막을 수 있으면 막아봐라."

이번에는 이상혁이 현성을 향해 달려들며 나이프를 휘둘렀다.

'헤이스트!'

현성은 헤이스트 마법을 시전하며 미끄러지듯 옆으로 물러났다. 또한, 되도록 현아와 남호걸이 쓰러져 있는 장소에서 멀찍이 떨어졌다.

"어? 피해?"

그러자 이상혁은 놀란 표정으로 현성을 바라봤다.

그로서는 회심의 기습 공격이었는데, 종이 한 장 차이로 현성이 피해낸 것이다.

그리고 현성의 반격이 시작됐다.

이상혁의 품속으로 파고든 현성은 한 치의 망설임도 없이 명치에 팔꿈치를 꽂아 넣었다.

퍼억!

"으헉!"

이상혁은 비명을 토하며 비틀비틀 뒤로 물러났다.

"이 새끼가!"

그것을 본 작은 체구의 사내, 이상현이 욕지거리를 내뱉으며 달려왔다.

쉭쉭!

이상현의 나이프가 공기를 가르며 현성에게 쇄도했다.

그 공격을 현성은 상체를 살짝살짝 비틀며 간발의 차로 피해냈다.

"빌어먹을 놈이 쥐새끼처럼 잘도 피하는구나!"

약이 오른 이상현은 독기 넘치는 표정으로 집요하게 나이프를 찔러왔다. 하지만 현성은 여유롭게 나이프를 피하며 스트렝스 마법을 몸에 걸었다.

그 직후 현성의 몸이 회전하며 이상현의 턱에 주먹을 쳐올렸다.

퍽!

"커윽!"

깨끗하게 어퍼컷을 맞은 이상현은 뒤로 날아가 뒹굴었다.

턱을 제대로 맞았기 때문에 가벼운 뇌진탕 증세를 보이며 몸을 가누지 못했다.

"이 망할 애새끼가!"

이상현이 나가떨어지자, 이번에는 이상혁이 분노한 얼굴로 양손에 나이프를 들고 달려들었다.

이상혁은 나이프를 번갈아 가며 찌르거나 휘둘렀다.

"애쓰는군."

쉴 새 없이 공격하는 이상혁의 공격을 종이 한 장 차이로 피하며 현성은 차갑게 한마디를 내뱉었다.

그러자 이상혁의 표정이 일그러졌다.

"이 자식이 지금 어디서 여유를 부려!"

이상혁은 악에 받친 얼굴로 현성을 향해 나이프를 휘둘렀다. 하지만 그 순간 이상혁의 공격이 느슨해졌다.

현성의 도발에 넘어간 것이다.

그 틈을 놓치고 않고 현성은 이상혁의 양손에 돌려차기를 날렸다.

챙챙!

이상혁이 들고 있던 나이프가 허공에 포물선을 그리며 떨어졌다. 그러자 이상혁은 놀란 표정으로 현성을 바라봤다.

"이걸로 마지막이다."

현성은 오른손에 힘을 잔뜩 모은 다음 이상혁의 배에 강력한 정권을 찔러 넣었다.

퍼어억!

"끄억!"

이상혁은 입에서 피를 토하며 나동그라졌다.

현성은 차가운 눈으로 땅바닥에 쓰러진 이상혁을 노려본 후, 현아가 있는 장소로 시선을 돌렸다.

그리고 미간을 찌푸렸다.

"그, 그쯤 하는 게 좋을 거다."

그곳에 정신을 차린 이상현이 현아의 목에 나이프를 들이대고 있었던 것이다. 이상현은 머리가 어지러운지 제대로 몸을 가누지 못하고 있었다.

정신을 차린 것까지는 좋았지만, 아직 뇌진탕의 후유증에서 벗어나진 못한 모양이었다.

"네놈……!"

"거기까지! 더 이상 다가오면 그어버릴 테다!"

이상현은 현성을 노려보며 소리를 질렀다. 그리고 자신의 말이 허세가 아니라는 사실을 알리기 위해 나이프로 현아의 목을 살짝 그었다. 그러자 빨간 피가 조금 흘러나왔다.

그것을 본 현성은 차가운 눈으로 이상현을 조용히 노려보며 말했다.

"어리석은 놈."

"뭐?"

"넌 절대 해서는 안 될 짓을 했다."

"무슨 개소리를 지껄이는 거냐! 이 머리에 피도 안 마른 새끼가!"

"닥치거라."

현성의 목소리에는 조용한 분노가 담겨 있었다.

이상현을 향해 한차례 소리친 현성은 양손을 늘어뜨렸다.

파직.

그러자 현성의 양손에서 푸른색 스파크가 번쩍거리기 시작했다. 2클래스 마법 라이트닝 쇼크였다.

"뭐, 뭐야? 스턴 건이라도 들고 있는 거냐?"

이상현은 놀란 눈으로 현성의 손을 바라봤다.

하지만 그 어디에도 스턴 건 같은 물건은 보이지 않았다.

"할 말은 그것뿐이냐?"

현성은 싸늘한 목소리로 말한 후, 이상현을 향해 움직이기 시작했다.

"블링크."

순간 현성의 모습이 사라졌다.

그러자 이상현은 어리둥절한 눈으로 주변을 둘러봤다.

"뭐, 뭐야? 어디로 간… 크헉!"

퍼억! 파지직!

이상현은 채 말을 끝맺지 못하고 비명을 질렀다.

눈 깜짝할 사이에 이상현의 눈앞에 나타난 현성이 주먹을 휘두른 것이다.

"마, 말도 안 돼……."

그 모습을 본 드립퍼와 비둘기는 믿을 수 없는 표정을 지었다. 현성의 몸이 눈앞에서 사라지는가 싶더니 순식간에 수 미터를 가로지르고 나타나지를 않나, 손에서 푸른 스파크를 일으키며 이상현을 쓰러뜨리기까지 한 것이다.

그들은 두려운 눈으로 현성을 바라봤다.

하지만 현성은 개의치 않았다.

어차피 그들은 조금 전 현성이 보인 믿을 수 없는 상황이 마법 때문이라는 사실을 모르고 있었다. 그리고 다른 사람들에게 현성이 손에서 전기를 내뿜고 공간을 빠르게 이동했다고 말해도 믿지 않을 게 뻔했다.

"남은 건 네놈들뿐이로군."

"히익!"

현성의 눈길에 드립퍼와 비둘기 녀석의 안색이 파랗게 질렸다.

"사, 살려주……."

"걱정 마라. 죽이진 않을 테니까."

현성은 피식 웃으며 말했다.

그 말에 안심한 것일까.

드립퍼와 비둘기의 얼굴에 안도의 표정이 떠올랐다.

하지만 지옥은 이제 막 시작되었을 뿐이었다.

잠시 후, 창고 안에서 남호걸과 현아를 제외한 네 사람의 비명 소리가 메아리처럼 울렸다.

*   *   *

"그러니까 네놈들은 후광파의 조직원이라는 말이지?"

"예, 그렇습니다."

공손한 이상혁의 대답에 현성은 팔짱을 끼고 생각에 잠겼다.

이상혁과 이상현을 제압한 현성은 그들에게 교육을 좀 시켜주었다. 그 결과 그들은 현성의 말에 고분고분해졌다.

그리고 그들뿐만이 아니라 비둘기와 드립퍼 녀석들에게 자신이 보인 능력에 대해 입을 다물 것을 당부하는 것도 잊지 않았다.

어차피 말해도 믿지 않을 테지만 만일의 경우에 대비하기 위해서였다. 또한, 이상혁과 이상현의 배후에 인천을 중심으로 활동하고 있는 조직인 후광파가 있다는 사실을 알아냈다.

'한진상 이놈은 정말 정신이 글러먹었구나.'

현성은 눈살을 찌푸렸다.

설마 조폭들을 개입시켜서 여동생을 납치하다니!

이번 일은 도가 지나쳐도 너무 지나쳤다.

'그놈을 가만 놔둬서는 안 되겠군. 분명 또다시 가족들을 건드리려고 들 테니까.'

실제로 한진상 그 놈은 조직원들을 시켜서 여동생을 납치했다. 앞으로도 계속 자신의 가족을 건드리지 않는다는 보장은 어디에도 없었다.

현성은 물끄러미 눈앞에 있는 이상혁과 이상현을 바라봤다.

그들은 지금 현성 앞에서 무릎 꿇고 손을 들고 있었으며, 그 옆에는 드립퍼와 비둘기가 겁에 질린 얼굴로 엎드려뻗쳐를 하고 있었다.

드립퍼와 비둘기는 둘째 치고 이상혁과 이상현의 입장에서는 상당히 굴욕적인 일이 아닐 수 없었지만, 묵묵히 현성에게 순종하는 모습을 보였다.

그만큼 눈앞에 있는 소년은 믿을 수 없을 만큼 강했으니까.

그리고 현성의 나이답지 않게 깊은 연륜이 느껴지는 분위기를 풍기고 있는 것도 한몫했다.

"이제 저희를 어떻게 할 생각입니까?"

이상혁은 자신을 바라보고 있는 현성의 눈치를 살피며 조심스럽게 입을 열었다.

'흠……'

그 말에 현성은 잠시 생각에 잠겼다.

이번 일로 후광파 조직이 자신을 노릴지도 몰랐다. 현대에 있는 조직 세계에 대해서 그리 잘 아는 편은 아니었지만, 체면을 중시한다는 것 정도는 잘 알고 있었다.

일개 고등학생에게 조직원들이 당했다는 사실이 알려지면, 조직이 가만히 있을 리 없었다.

바로 보복을 가하기 위해 움직일 터.

현성은 창고 한쪽에서 누워 있는 여동생을 물끄러미 바라봤다. 여동생인 현아는 여전히 슬립 마법으로 자고 있었으며,

그 옆에는 정신을 잃고 쓰러져 있는 남호걸이 있었다.

'가족들을 위험에 빠뜨릴 수는 없지.'

현성의 입장에서 조직의 보복 따위는 아무것도 아니었지만, 문제는 가족들이었다.

가족들이 위험에 빠지는 일은 하고 싶지 않았다.

'그렇다면 이쪽에서 먼저 치고 들어가는 수밖에.'

거기다 현성은 한 가지 계획이 있었다.

고등학교를 졸업하고 마법으로 돈을 벌 생각이었던 것이다.

그때 자신을 도와주는 조직이 있다면 여러모로 도움이 될터였다. 사업을 할 때뿐만이 아니라, 자신을 대신해서 주변 사람들을 지켜줄 수 있을 것이고, 정보의 입수도 할 수 있을 테니까.

그 때문에 현성은 자신을 도와주고 백업해 줄 조직을 미리 만들 생각이었다.

'후광파는 그 초석이 될 것이다.'

현성은 마음을 굳혔다.

어차피 후광파와는 돌이킬 수 없는 지경까지 와 있었다. 대립은 피할 수 없었다.

'하지만 그전에……'

현성은 주변을 둘러봤다. 후광파를 치러 가기 전에 창고에서 생긴 일부터 해결해야 했다. 창고 안에는 아직 정신을 잃고 있는 남호걸과 현아가 있었으니 말이다.

"일단 잠부터 자라."

"예?"

현성의 말에 이상혁은 의아한 얼굴로 반문했다.

'슬립.'

털썩.

창고 안에서 쓰러지는 소리가 네 번 들렸다. 이상혁과 이상현, 그리고 드립퍼와 비둘기를 슬립 마법으로 잠재운 것이다.

그들이 잠에 빠져들자 현성은 스마트폰을 꺼내 들었다.

"안녕하세요. 거기 경찰이죠? 다름이 아니라 지금 인천 항구에 있는 창고에서 싸움이 벌어져서요."

현성은 전화상으로 창고에서 있었던 일들을 적당히 각색하며 자초지종을 설명했다. 여동생을 납치한 양아치들을 붙잡아두었다고 말이다.

하지만 장난 전화가 아닐까 의심하는 경찰에게 현성은 자신을 남호걸이라고 소개하며 출동 요청을 부탁했다.

"예. 그럼 기다리고 있겠습니다. 빨리 좀 와주세요."

그 말을 끝으로 현성은 통화를 끊었다.

"이제 뒷일은 경찰한테 맡기면 될 테고, 남은 건……."

현성은 눈앞에 있는 두 조직원을 바라봤다. 드립퍼와 비둘기는 별로 위험하지 않았다. 위협이 되는 건 이상혁과 이상현이었다. 현성은 창고 안을 둘러보다가 몸을 묶을 만한 끈을 찾았다.

"이 정도면 충분할 테지."

이상현을 끈으로 꽁꽁 묶은 현성은 남호걸을 바라봤다.

"웨이크 업."

현성은 마법을 사용하여 남호걸을 강제적으로 깨웠다.

"으윽."

남호걸은 두통과 함께 온몸에서 통증이 밀려들어 오자 인상을 찌푸리며 정신을 차렸다.

"여, 여기는……."

남호걸은 주변을 둘러봤다.

"헛!"

그리고 창고 바닥에 쓰러져 있는 쌍둥이 형제와 한진상 패거리를 보더니 놀란 표정을 지었다.

"대, 대체 무슨 일이……?"

고개를 들어 올린 남호걸은 조금 전부터 자신의 눈앞에 서 있는 인물을 바라봤다.

"너, 넌 김현성!"

순간 남호걸은 눈을 치켜 떴다. 눈앞에 서 있는 인물이 현성이라는 사실을 알게 되자 자기도 모르게 식은땀이 주르륵 흘렀다.

'설마 현성이 저 녀석들을……?'

남호걸은 현성을 보는 순간 상황이 어떻게 되었는지 직감했다. 멀쩡한 모습으로 서 있는 현성과 다르게 쌍둥이 형제는 창고 바닥에 쓰러져 있었다.

이 상황만 봐도 현성이 쌍둥이 형제들을 쓰러뜨렸다는 사실을 추측할 수 있지 않은가?

그뿐만이 아니다. 분명 현성은 자신을 한진상과 같은 편이라고 생각하고 있을 게 뻔했다.

'시발!'

남호걸은 현성에게 변명이 먹힐 거라는 생각을 버렸다.

여동생이 납치를 당했다는데 그 어떤 변명이 통할 수 있을까?

"죽이든지 살리든지 네 마음대로 해라."

남호걸은 체념한 표정으로 말했다.

변호를 해줄 현성의 여동생이 정신을 잃고 있는 이상, 그 어떤 말도 통하지 않을 거라 판단한 것이다.

"웃기는 녀석이로군."

그런 남호걸의 행동에 현성은 피식 웃음을 흘렸다.

"현아에게 이야기 들었다. 도와주려고 했다면서?"

"아……."

현성의 말에 남호걸은 광명의 빛이 보였다.

하지만 이내 씁쓸한 미소를 지었다.

"별로 도움은 되진 못했지."

현성의 여동생을 쌍둥이 형제로부터 도망치게 해주려다가

되려 자신이 보기 좋게 당했던 것이다.

현성은 쓴웃음을 짓고 있는 남호걸을 바라보며 나직한 목소리로 물었다.

"왜 도와주려고 했던 것이냐."

"……."

남호걸은 잠시 침묵하다가 이내 입을 열었다.

"나한테도 귀여운 여동생이 하나 있거든. 그놈들이 네 여동생을 납치했다는 사실을 알고 나니까 가만히 못 있겠더라. 그래서 네 여동생만이라도 도망치게 하려고 쌍둥이 자식들한테 덤볐다가 개털됐지, 뭐."

"호오? 그래서 도와줬다 이건가?"

"뭐, 그렇지. 그리고 고등학교 애들 싸움에 조직원들을 끌어들여서 여중생을 납치한다는 게 어디 말이 되는 소리냐? 게다가 난 한진상 그 자식이 처음부터 마음에 들지 않았어."

"그렇군."

현성은 납득이 간다는 얼굴로 고개를 끄덕였다.

남호걸은 한진상을 좋게 보지 않고 있었다. 게다가 쌍둥이 형제가 납치한 현성의 여동생을 보는 순간 남호걸은 자신의 귀여운 여동생인 남효연의 얼굴이 떠올랐다.

여동생을 가진 오빠로서 남호걸은 한진상과 쌍둥이 형제의 행동을 용서할 수 없었다.

그래서 앞뒤 생각하지 않고 다짜고짜 쌍둥이 형제에게 덤벼들었다. 그 결과 제대로 손도 써보지 못하고 깨진 것이다.

남호걸은 면목 없다는 얼굴로 고개를 숙였다.

"여동생 일은 정말 미안하게 됐다."

"그게 네가 사과할 일이냐? 사과는 한진상 그놈이 해야지. 그런데 한 가지 이해가 가지 않는군. 어째서 너 같은 녀석이 한진상의 말을 듣고 있는 거지?"

지금까지 보아온 남호걸은 심성이 나빠 보이지 않았다. 비록 불량 학생들이긴 하지만 밑에 있는 아이들을 챙겨주려고 했으며, 현아를 구해주려고까지 했으니까.

그리고 학교에서 남호걸의 패거리들을 닦달하면서 들은 이야기에 의하면 두 달 전까지만 해도 아이들에게 돈을 갈취하는 일은 없었다.

아니, 돈을 갈취하기는커녕 학교 안에서 말썽이 많은 문제아들이나 동네 양아치를 비롯한 건달들에게 싸움을 걸고 다녔지, 평범한 아이들은 건드리지 않았다.

이에 반해 한진상은 악독하다고 볼 수 있었다.

자신에게 거슬리면 누구나 할 것 없이 괴롭혔으며, 돈 갈취뿐만 아니라 공갈 협박은 다반사였으니까.

그런 한진상의 말을 어째서 남호걸이 듣고 있는 것인지 현성은 의아스러웠다.

"그놈이랑 무슨 일이 있기라도 한 건가?"

"……."

현성의 말에 남호걸은 어두운 표정을 지었다.

과연 자신에 대한 걸 현성에게 말을 해줘도 될지 고민하고 있었던 것이다.

하지만 이내 현성 또한 한진상에게 당한 피해자라는 사실을 떠올렸다. 남호걸 또한 현성이 한진상의 괴롭힘 때문에 자살을 시도했다가 다시 학교로 돌아왔다는 사실을 알고 있었다.

그리고 여동생까지 납치당하지 않았던가?

마음을 굳힌 남호걸은 입을 열었다.

"우리 집이 빚을 안고 있다는 사실은 이미 들어서 알고 있지?"

"이전에 공원에서 패거리한테 들어서 알고 있다."

"그 빚은 거의 대부분이 한진상 아버지가 쥐고 있다."

남호걸의 말에 현성의 눈썹이 꿈틀거렸다.

"채권자가 한진상의 아버지라는 건가?"

"그래. 그리고 널 손봐주면 여동생의 뇌종양 수술비도 내주겠다고 하더라."

"쯧. 어린놈이 벌써부터 더러운 수나 쓰고 있군."

현성은 눈살을 찌푸렸다.

결과적으로 말하면 한진상은 뒤에서 돈으로 남호걸을 조종했다는 말이 아닌가?

"어찌 되었든 이제 한진상에 대해선 걱정하지 마라. 지금까지는 머리에 피도 안 마른 애새끼랑 푸닥거리하고 싶지 않아서 그냥 놔두었지만, 이번엔 도를 넘어섰어."

현성의 정신적인 나이는 팔십 대 노인이었다.

비록 최근엔 십대 나이의 몸이 되어 살면서 정신이 어려진 느낌을 받고 있었지만, 팔십 년이라는 세월은 그대로 있었다.

그 때문에 한진상이 도발을 해와도 큰 문제를 일으키지 않고 넘어갔다. 어린 녀석들이랑 엮이고 싶지 않았기 때문이다.

"어떻게 하려고?"

"교육을 좀 시켜줘야겠지. 하는 김에 자식 교육도 제대로 못 시킨 그 녀석 아버지도 함께."

"무, 무슨 바보 같은 소리를……."

남호걸은 질린다는 눈으로 현성을 바라봤다.

대체 어떻게 한진상과 그의 아버지를 교육시키겠단 말인가?

"네가 무슨 수로 한진상 아버지를 건드려? 그놈들이 평범한 사람이라면 모르겠지만, 조직폭력배 집단이라고. 일개 고등학생이 어떻게 할 수 있을 것 같아?"

남호걸은 고개를 흔들며 말했다.

자신을 도와준다기에 일말의 기대를 가졌었지만, 현성이 하는 말은 실현 불가능한 헛소리에 지나지 않았다.

그도 그럴 것이 한진상 일가는 제법 규모가 되는 조직이었다. 조직원의 수만 해도 수십 명은 넘었으며 실력도 전부 프로였다. 또한 사채업을 바탕으로 한 자금도 탄탄했다.

남호걸의 말대로 고등학생은커녕 경찰조차 건드리기 껄끄러워하는 조직이었던 것이다.

"뭐, 됐다. 시간을 너무 지체한 것 같군. 이제 슬슬 경찰들이 몰려올 거다."

"겨, 경찰?"

"그래. 네 이름으로 신고했으니 뒷일을 부탁하마."

화들짝 놀란 얼굴로 반문하는 남호걸을 뒤로하고 현성은 이상혁을 바라봤다.

이상혁은 후광파의 보스이자 한진상의 아버지가 어디에 있는지 알고 있을 것이다.

그리고 그곳에는 필연적으로 한진상이 있을 터.

"그럼 난 이만 간다."

"자, 잠깐……!"

현성은 등 뒤에서 소리치는 남호걸을 무시하며 이상혁을 들쳐 메더니 창고 밖으로 향했다.

'이놈을 심문하는데 남호걸이 옆에 있으면 방해가 될 테니까.'

현성은 이상혁을 통해서 후광파에 대해 보다 자세한 이야기를 들을 생각이었다. 그리고 자신이 후광파 보스의 집으로 쳐들어간다는 사실을 남호걸에게 알리고 싶은 생각이 없었으며, 이상혁 또한 현성이 경찰에 신고를 했다는 사실을 모르고 있었다.

　게다가 이제 창고 안에서 느긋하게 이야기를 들을 시간이 없었다. 남호걸과 이야기를 나누면서 생각보다 시간을 지체한 탓에 경찰들이 조만간 몰려올 거라 생각한 것이다.

　그 때문에 현성은 이상혁을 둘러메고 먼저 창고 밖으로 나온 것이다.

　"검은색 세단이라. 이 녀석들 차인가?"

　창고 밖으로 나온 현성은 주변을 둘러보다가 근처에 있던 검은색 세단을 발견했다.

　인적이 없는 창고에 차가 있을 리 만무할 테니, 아마도 이상혁과 이상현이 타고 온 승용차인 모양이었다.

　현성은 검은색 세단을 향해 발걸음을 옮겼다.

　털썩!

　바람처럼 검은색 세단 앞에 선 현성은 둘러메고 있던 이상혁을 땅바닥에 내동댕이쳤다. 그리고 마법을 시전했다.

　"웨이크 업."

　땅바닥에 내동댕이쳐진 데다 현성의 마법 때문에 강제적으로 깨어난 이상혁은 남호걸과 마찬가지로 인상을 찌푸리며 깨어났다.

　"큭! 여, 여기는……."

　주변을 둘러보던 이상혁은 자신이 있는 곳이 창고 밖이라는 사실을 알 수 있었다.

"깨어났군."

현성은 인상을 찌푸리며 정신을 차린 이상혁을 향해 말했다. 그러자 이상혁은 놀란 얼굴로 현성을 올려다봤다.

"제가 왜 여기 있습니까?"

"내가 데리고 나왔으니까."

"대체 무엇 때문에……."

이상혁은 말꼬리를 흐렸다.

무슨 이유 때문에 자신을 창고 밖으로 데리고 나온 것일까?

"너에게 묻고 싶은 것이 있다."

"뭡니까?"

"너희의 보스는 어디에 있지?"

현성의 말에 이상혁의 눈빛이 흔들렸다.

"그건 왜 묻습니까?"

"너희 보스와 만나고 싶다."

"무슨 말도 안 되는 소리를……."

이상혁은 어처구니없다는 표정으로 현성을 바라봤다.

자신들의 보스가 누구인가?

인천 일대를 주름잡고 있는 조직 중에서 제법 큰 세력의 지배자다. 쉽게 만날 수 있는 존재가 아니었던 것이다.

아니, 그전에 대체 무슨 목적으로 보스와 만나려고 하는 것일까?

"보스와 만나서 어쩔 생각입니까?"

"굳이 대답할 필요가 있나? 잘 알고 있을 거라 생각하는데?"

현성은 피식 웃으며 대답했다.

그러자 이상혁은 놀란 눈으로 현성을 바라봤다.

'설마 조직과 싸울 생각인가?'

이상혁 입장에서는 미친 짓이 따로 없었다.

자신이 속한 후광파가 어떤 곳이라고 싸움을 건단 말인가?

"저희를 제압했다고 해서 조직을 우습게 봤다가 죽을 수도 있습니다. 당신은 목숨이 아깝지 않습니까?"

이상혁은 날카로운 눈으로 현성을 노려보며 말했다.

그 말에 현성은 가소로운 미소를 지었다.

"내가 당할 거라 생각하나?"

"……!"

순간 이상혁은 등줄기로 전율이 타고 달렸다.

어쩌면 눈앞에 있는 소년이 조직을 뒤흔들지도 모른다는 생각이 들었던 것이다.

이상혁은 두려운 눈으로 현성을 바라봤다.

"쓸데없는 소리는 그만하고 안내해 주실까? 후광파의 보스가 있는 장소로."

현성은 싸늘한 미소를 지으며 말했다.

＊　　　＊　　　＊

"……."

조용한 침묵이 흐르는 자동차 안.

현성은 이상혁이 운전하고 있는 자동차를 타고 있었다.

창고에서의 일은 경찰과 남호걸이 알아서 잘 해결할 테고, 이상혁은 자신의 쌍둥이 형제가 경찰에 붙잡혀 갈 거라고는 생각지도 못하고 있을 것이다.

이상혁으로부터 후광파에 대해 자세한 이야기를 들은 현성은 혀를 찼다.

'한진건설 회사라…….'

표면적으로는 건설 회사로 알려져 있었지만, 실체는 후광파가 운영하고 있는 중소기업 회사였다.

건설업 외에도 사채와 불법 도박장 운영, 철거 용역업을 하고 있었으며 무엇보다 한진상과 그의 아버지인 한진철 일가가 이끄는 조직 기업이었다.

'생각보다 규모가 커.'

이전부터 한진상의 아버지가 인천 일대를 주름 잡고 있는 조직의 보스라는 이야기는 심심찮게 들려왔다.

하지만 막상 이상혁으로부터 사업 규모를 들으니 만만치 않다는 사실을 알 수 있었다. 조직원 수만 해도 수백 명은 되었고, 유동되는 자본만 수십억이 넘었다.

이상혁의 말대로 우습게 볼 수 없었다.

'하지만 한진상과 한진철, 두 놈만큼은 내버려 둘 수는 없지.'

현성은 싸늘한 눈빛을 띄웠다.

그 둘은 여동생을 납치하고 자신을 매장시키기 위해 직접 조직원을 보낸 놈이었다.

거기다 한진상과 한진철을 처리하고 조직을 어떻게 하지 않는 한 자신의 가족들은 끊임없이 위협을 받게 될 것이다.

그러니 마무리를 확실히 지어야 했다.

"저기… 정말 보스와 만날 생각이십니까?"

그때 운전석에서 이상혁이 조심스러운 목소리로 물어왔다.

"당연한 걸 묻는군. 너희의 보스와는 끝을 볼 것이다."

"역시 그렇습니까?"

"죄를 지었으면 죗값을 치러야지. 내 말이 틀린가?"

"하지만 사장님 저택에는 애들이 스무 명이나 있습니다. 그들은 전부 무술 유단자들로 구성된 조직원입니다. 그리고 사장님 곁에는 뒷세계에서 알아주는 실력자가 한 명 붙어 있습니다. 결코 호락호락하지 않을 겁니다."

"문제없다."

현성은 차창 밖을 바라보며 대수롭지 않다는 표정으로 대답했다. 저택에 스무 명이든 백 명이든 모여 있어도 상관없었다.

지금의 현성이라면 능히 상대하고도 남을 테니까.

"……."

그리고 현성의 말을 들은 이상혁은 온몸에서 소름이 쫙 돋아났다. 등줄기에서는 전율이 내달리며, 자기도 모르게 운전대를 잡고 있는 손이 덜덜 떨려왔다.

상대를 잘못 건드려도 단단히 잘못 건드렸다는 생각이 끊임없이 들었다. 겉모습만으로 본다면 상대는 고작해야 나이 어린 소년에 지나지 않는다.

하지만 싸움의 프로라고 할 수 있는 조직원들이 스무 명이나 기다리고 있는 저택에 가면서도 눈 하나 깜짝하지 않다니!

'어디서 이런 괴물 같은 녀석이 나타난 거지…….'

이상혁은 자기도 모르게 입안에 침이 마르는 것을 느꼈다.

"이봐. 얼마나 남았지?"

갑작스러운 현성의 목소리에 이상혁은 화들짝 놀랐다. 하지만 이내 떨리는 가슴을 진정시키며 대답했다.

"예? 예! 이제 곧 도착합니다. 약 5분 정도 남았습니다."

"흠. 5분이라……."

앞으로 5분.

5분 뒤면 모든 것을 결정지을 장소에 도착한다.

'두 번 다시 가족을 건드리지 못하게 해주마.'

현성의 두 눈이 싸늘하게 빛났다.

제 7 장
후광파의 괴멸

어둠이 내린 늦은 시간.

현성은 도시 외곽에 위치한 후광파의 보스이자, 한진건설 사장인 한진철의 저택 앞에 도착했다.

"위치가 좋군."

이상혁을 앞세우고 한진철의 집 앞에 당도한 현성은 주변을 둘러보며 중얼거렸다.

한진철의 저택은 나무로 된 대문과 높은 담벼락이 인상적인 으리으리한 한옥집이었다. 한진철의 저택은 서울시 중심이었지만, 산자락에 위치해 있는 녹림으로 둘러싸여 있는 조용한 장소였다.

이런 장소라면 소동을 일으켜도 주변에서는 알 수 없을 것이다. 저택에서 반경 수십 미터 이내에 집이라곤 구경도 할 수 없었으니까.

현성은 등 뒤에 서 있는 이상혁을 돌아보며 입을 열었다.

"이 집이 틀림없는 거겠지?"

"예. 맞습니다."

이상혁은 고개를 끄덕이며 대답했다.

그 말에 현성은 만족스러운 미소를 지었다.

"안내하느라 수고했다. 그만 쉬어라."

"예?"

현성의 말에 이상혁은 놀란 듯 고개를 치켜들었다.

하지만 그때는 이미 늦어 있었다. 이상혁의 시야에 현성은 보이지 않았다. 어느 틈엔가 이상혁의 등 뒤에 서 있었던 것이다. 현성은 망설임도 없이 이상혁의 목덜미를 가격했다.

"컥!"

이상혁은 외마디 비명과 함께 그대로 쓰러졌다. 단 일격에 실신한 것이다.

"그럼……."

이상혁을 기절시킨 현성은 나무로 된 육중한 대문 앞에 다가가 섰다. 대문 옆에 CCTV가 설치되어 있는 것이 보였다.

현성은 CCTV 앞에서 빙긋 한 번 웃은 후, 손을 휘둘렀다.

파각!

그러자 대문에 설치된 CCTV가 부서졌다. 뿐만 아니라 담벼락 위에서 대문 앞 상황을 확인하기 위해 다양한 각도로 설치되어 있던 다른 CCTV들도 일제히 파괴되어 갔다.

이제 그 누구도 대문 앞에서 무슨 일이 벌어질지 알 수 없었다.

"슬슬 시작해야겠군."

현성은 무표정한 얼굴로 대문을 노려보며 손을 내밀었다.

잠시 후, 현성의 손에서 화염이 일렁거렸다.

그 상태에서 현성은 3클래스 화염 계열 마법을 시전했다.

"파이어 버스터."

콰아아아앙!

저택 대문에서 불꽃이 치솟아오르는가 싶더니 폭발이 일어났다. 그 영향으로 대문은 산산조각이 나며 속절없이 저택 안으로 내동댕이쳐졌다.

그렇게 대문이 사라지자 희미한 어둠 속에서 넓은 정원이 드러났다.

"흠. 제법 많이 모여 있군."

대문을 폭파시키며 저택 안으로 들어선 현성은 여러 인기척을 느낄 수 있었다.

"뭐야? 이게 무슨 소리야?"

"어디서 가스 폭발이라도 일어난 거 아냐?"

"대체 무슨 일이……?"

현성이 정원에 들어서자 저택 이곳저곳에서 불빛이 켜지기 시작했다. 그리고 여기저기에서 험상궂은 인상의 인물들이 놀란 얼굴로 쏟아져 나왔다.

그들의 숫자는 정확히 스무 명이었으며, 이상혁이 말한 한진철 사장을 경호하는 인물들인 모양이었다.

"뭐야? 대문이 박살났잖아!"

"저놈은 또 뭐야?"

그들은 부서진 대문짝과 현성을 번갈아보며 어리둥절한 표정을 지었다. 자다가 급히 나온 터라 상황 파악이 되지 않았던 것이다.

그런 그들을 향해 현성은 여유로운 표정으로 말했다.

"한진철 사장을 만나러왔다. 그는 어디에 있나?"

"뭐? 이 새끼가 미쳤나?"

"어디서 보스의 이름을 함부로 부르는 거야?"

"야, 저 새끼가 문 부순 거 아냐?"

집 안에서 뛰쳐나온 사내들의 눈초리가 험악해졌다.

그들은 흉흉한 눈으로 현성을 노려봤다. 현성을 습격해 왔던 자들과는 사뭇 다른 기세였다.

'과연 무술의 유단자들이라는 건가?'

현성은 속으로 피식 웃음을 흘렸다.

그들의 살기등등한 모습을 보니 순순히 통과시켜 줄 것 같지 않았다. 아니, 애초에 현성은 저택의 대문을 부수고 나타났다. 그것은 곧 후광파 조직을 상대로 전쟁을 선포한 것과 다름없었다.

현성은 그들에게 손짓하며 말했다.

"오너라."

"저놈이 미쳤나!"

"조져 버려!"

현성의 도발에 조직원들이 달려들기 시작했다.

그 앞에서 현성은 마법을 시전했다.

'속전속결이다. 헤이스트!'

현성은 자신을 향해 달려오는 그들에게 마주 달려들었다. 그리고 그들 사이를 종횡무진 누비며 다녔다.

"컥!"

"크헉!"

현성이 그들 사이를 지나갈 때마다 단말마의 비명 소리가 울려 퍼졌다. 그들이 인식하기 힘든 속도로 공격을 가한 것이다.

아무리 무술 유단자라고 한들 현성의 상대는 되지 않았다.

"뭐, 뭐야?"

최초의 격전 이후, 경호원의 숫자는 무려 반이나 줄어들었다. 그 사실에 그들은 경악했다.

"한밤중에 무슨 소란이냐?"

그때 집 안에서 사십대 후반의 중년 사내가 잠옷 가운차림으로 느긋하게 걸어 나왔다. 후광파 보스 겸 트라이덴 사의 사장 한진철이었다. 그는 자다가 나온 탓에 얼굴을 찌푸리고 있었다.

하지만 정원에 펼쳐져 있는 광경을 보더니 이내 놀란 표정을 지었다.

"아니, 이게 대체 무슨 일이냐!"

한진철은 눈을 부릅떴다. 한밤중에 잘 자고 있다가 정원 쪽이 소란스럽기에 피곤한 몸을 이끌고 밖으로 나왔다.

그런데 밖으로 나온 그를 반긴 것은 산산조각난 대문과 자신을 경호하기 위해 저택에서 거주하고 있는 경호원 열 명이 땅바닥에 쓰러져 있는 광경이 아닌가?

그리고 그 중심에는 고등학생으로 보이는 소년이 있었다.

"넌 뭐냐?"

"당신이 후광파의 보스 한진철인가?"

현성은 중년 사내를 바라보며 물었다. 그러자 한진철은 격분했다.

"뭐? 이 새끼 놈이 미쳤나. 야, 이 새끼야! 너 지금 내 말을 무시한 거냐?"

"시끄럽군. 당신이 후광파의 보스 한진철이 맞는지 물었다."

"허! 이 새끼 말하는 꼴 좀 보게. 가정교육을 병신 같은 부모 밑에서 배웠나. 말이 좀 짧다?"

한진철은 살기등등한 눈으로 현성을 노려보며 말했다.

여기가 감히 어디라고 자신에게 건방진 말을 늘어놓는단 말인가?

한진철은 헛웃음밖에 나오지 않았다.

하지만 얼마 지나지 않아 웃음기를 싹 지워야 했다.

"나를 모욕하는 건 참을 수 있으나, 내 부모를 욕하는 건 용납할 수 없다."

소년의 차가운 목소리가 바로 옆에서 들려왔기 때문이다.

분명 조금 전까지만 해도 현성은 한진철과 약 10m 이상 떨어져 있었다.

그런데 눈 깜짝할 사이에 현성 한진철의 바로 옆에 서 있었던 것이다.

'어, 어느 틈에⋯⋯?'

한진철은 놀란 얼굴로 목소리가 들린 쪽을 향해 고개를 돌리려고 했지만, 그럴 수 없었다.

퍼억!

"컥! 우, 우웨엑!"

현성이 한진철의 배에 주먹을 꽂아 넣었으니까.

그 때문에 한진철은 배에서 격심한 통증을 느끼며 속에 든 것을 게워냈다.

현성은 한진철을 차갑게 내려다보며 말했다.

"이후 말을 조심하도록. 다음번엔 이 정도로 끝나지 않을 테니."

"크, 크윽."

현성의 말에 한진철은 이를 악물었다.

설마 자신이 아직 고등학생으로밖에 보이지 않는 소년에게 이런 모욕을 당할 줄이야!

"사, 사장님이!"

"저 애송이 놈이 미쳤나!"

자신들의 보스가 현성에게 모욕을 당하자, 정원에 있던 조직원들의 눈에서 불길이 일었다. 그리고 당장에라도 현성을 향해 달려들려고 했다.

그러자 한진철은 뱃속의 통증 때문에 얼굴을 찡그리면서도 의기양양한 표정으로 말했다.

"네놈! 누군지는 모르나 살아서 여기를 나갈 생각은 버리는 게 좋을 것이다!"

"호오? 아직 말을 할 기운은 남아 있나 보군."

퍽!

그런 한진철의 명치에 현성은 또 한 번 짧은 타격을 가했다.

"커헉!"

'이, 이 자식, 때린 데 또 때리다니……'

한진철은 다시 한 번 토악질을 해댈 수밖에 없었다.

"너, 너 이 새끼… 감히 내가 누군 줄 알고……"

"잘 알고 있다. 이름은 한진철. 후광파의 보스이며, 자식 교육을 쓰레기 같이 한 멍청한 아버지지."

"뭐?"

한진철은 통증을 참으며 현성을 바라봤다.

"넌 설마 진상이가 말했던 그 건방진 고등학생?"

"호오. 한진상이 나에 대해 이야기를 한 모양이군."

"진짜 고등학생이었다니……."

현성이 고등학생이라는 사실이 알려지자 주변에서 동요가 일었다. 확실히 현성이 어려 보이긴 했지만, 눈 깜짝할 사이에 경호원들의 숫자를 절반으로 줄이는 것을 보고 실제로는 나이가 더 많을 거라 생각하고 있었던 것이다.

"한진상 녀석은 없나 보군."

주변을 한 번 슥 둘러본 현성은 아쉬운 듯 중얼거렸다.

'음?'

그때 현성은 집 안에서 제법 강한 기운을 감지했다. 그쪽으로 고개를 돌리자 건장한 체격의 사내가 문을 열며 나타났다.

"어린 녀석이 예의가 없구나."

나이는 삼십대 중반 정도. 그리고 190cm나 되는 장신의 사내였다.

"누구지?"

현성은 눈앞의 사내를 바라봤다.

지금까지 상대했던 조직원들과는 다른 기세가 느껴졌다.

사내 역시 현성을 한 번 쓱 본 후, 한진철을 향해 고개를 숙이며 말했다.

"늦어서 죄송합니다."

그렇게 말하는 사내의 눈은 차갑게 가라앉아 있었다.

"오오, 용 실장! 마침 좋은 때에 나타났군. 저 건방진 애새끼 좀 혼내주지 않겠나?"

"물론 그러지요."

순간 용 실장이라고 불린 사내의 눈에서 경멸의 빛이 나타났다가 사라졌다.

그의 이름은 용수종으로 평소 한진철이 하는 일들을 탐탁지 않게 여기고 있었다.

하지만 돈을 벌어야 할 중요한 사정이 있었기 때문에 한진철의 곁에서 떠날 수 없었다.

그런데 이제는 자신보다 한참 어린 소년을 상대해야 한다니!

'어쩔 수 없지.'

용수종은 현성을 지그시 노려봤다. 한주먹거리도 되어 보이지 않는다.

하지만 이 자리에서 자신의 부하 열 명을 정원 바닥에 쓰러뜨린 인물이었다. 나이에 비해 녹록하지 않다는 소리였다.

용수종은 천천히 자세를 취했다.

'저 자세는……?'

현성은 눈을 가늘게 뜨며 용수종이 취하고 있는 파이팅 포즈를 바라봤다.

"무에타이인가?"

"……."

대답은 없었지만 틀림없었다.

종종 영화나 텔레비전에서 봤던 것이다.

무에타이란 어떤 무술인가?

태국 전통 무예로 군인들이 배우는 백병전용 무술이었다.

그리고 격투기 중에서도 실전에 강하며 그만큼 위험한 무술이라고 할 수 있었다.

"재미있군."

현성은 용수종을 찬찬히 살펴봤다.

190cm나 되는 거구였지만, 균형 잡힌 몸매였다.

또한, 전신에는 구릿빛 근육이 잡혀 있었다. 최소한 10년 이상은 무술로 단련한 몸이었다.

그 때문에 용수종의 부하들은 유명한 무에타이 영화의 제목을 따와서 용박이라고 불렀다.

정작 본인은 그 사실을 모르고 있지만 말이다.

"내 앞을 막아설 것이냐?"

"그게 내 일이니까."

"그런가? 유감이군."

현성은 쓴웃음을 지었다.

지금까지 만나온 후광파의 조직원들은 살기를 풀풀 날렸다. 하지만 눈앞에 있는 자는 무슨 일인지 살기가 없었다. 마지못해서 자신을 상대한다는 느낌이 들었던 것이다.

"날 원망하지 마라."

그 말과 동시에 용수종의 레프트 잽이 현성의 안면에 쏟아져 들어왔다. 현성의 반응을 보기 위한 견제였다.

'빠르다!'

무에타이 수련자라서 그런지 공격도 마치 바람과도 같았다.

하지만 이미 현성은 대비를 해놓고 있었다.

헤이스트 마법과 육체 강화술인 레이포스를 활성화시켜 놓고 있었던 것이다. 현성은 바람처럼 쏟아져 들어오는 용수종의 레프트 잽을 종이 한 장 차이로 피해냈다.

"저, 저 공격을 피하다니……."

"말도 안 돼……."

용수종의 실력을 잘 알고 있는 경호원들 사이에서 탄성이 터져 나왔다. 비록 견제용이라고 하지만 그들 대부분은 용수종의 가벼운 잽에 맥없이 졌었기 때문이다.

"제법이군."

용수종은 살짝 놀란 눈으로 현성을 바라봤다. 설마 현성이 자신의 잽을 전부 피해낼 줄은 몰랐다.

"놀라기엔 아직 이르지."

'인챈트 오브 스톤!'

인챈트는 대상에게 속성을 걸어주는 3클래스 마법이었다. 본래는 무기에다 거는 마법이었지만, 현성은 자신의 왼손에 걸었다.

쉬익!

현성의 레프트 잽이 공기를 찢으며 용수종을 향해 쇄도했다. 빠르기는 용수종 못지않았다.

하지만…….

퍽! 퍽! 퍽!

파워는 완전히 달랐다. 지금 현성의 왼손은 단단한 암석과 다를 바 없었다. 그리고 현성은 용수종의 공격을 피해냈지만, 용수종은 현성의 공격을 피해내지 못했다.

단지 양손을 들어 올려 가드를 하고 있을 뿐이었다. 그 위로 현성의 무거운 잽이 작렬하고 있었다.

"크… 윽!"

'무, 무슨 위력이……!'

용수종은 얼굴을 찌푸리며 주춤주춤 뒤로 물러섰다.

'전력을 다해야겠군.'

용수종의 눈빛이 변했다. 그는 현성이 만만치 않은 실력자라고 판단한 것이다.

하지만 자신이 질 거라는 생각은 눈곱만큼도 하지 않았다. 용수종은 스텝을 밟으며 현성에게 다가갔다. 그리고 조금 전과 다름없이 레프트 잽을 날리며 거리를 쟀다.

'지금이다!'

순간 용수종의 라이트 스트레이트가 폭발하듯 뻗어 나왔
다. 현성의 자세에서는 피할 수 없는 일격필살의 기습이었다.

하지만 순순히 당할 현성이 아니었다. 현성은 팔을 들어 올
리며 가드 자세를 취했다.

'……?'

금방이라도 날아들 것 같았던 용수종의 라이트 스트레이
트가 사라져 있었다.

그 대신 현성의 눈에 들어온 것은 용수종의 왼쪽 팔꿈치였
다.

'페인트?'

용수종의 라이트 스트레이트는 눈속임이었다. 현성의 온
신경을 라이트 스트레이트에 집중시킨 후, 용수종은 재빨리
몸을 회전시키며 팔꿈치를 수평으로 휘둘렀던 것이다.

무에타이 기술 중 하나인 백스핀 엘보였다.

쾅!

용수종의 백스핀 엘보가 현성의 머리에 작렬했다.

'끝났군.'

팔꿈치에서 느껴지는 묵직한 타격감.

설령 막았다고 해도 버티지 못할 터였다. 성인 남성조차 한
방에 나가떨어지는 강력한 기술이었으니까.

"헛!"

순간 용수종은 눈을 부릅떴다.

분명 끝이 났다고 생각할 만큼 완벽한 일격이 들어갔음에도 불구하고 현성이 멀쩡하게 서 있었기 때문이다.

"꽤 위력이 있군. 하지만 이 정도로 날 쓰러뜨릴 수 있다고 생각하면 오산이야."

현성은 용수종을 향해 조용히 웃으며 말했다.

확실히 용수종의 백스핀 엘보는 위력적이었지만, 현성을 쓰러뜨리기에는 한참 모자랐다. 용수종의 공격이 들어오는 순간 실드 마법으로 막아냈던 것이다.

'그것을 써봐야겠군.'

현성은 여유로운 표정을 지으며 용수종을 바라봤다. 그러자 용수종은 움찔 놀라며 뒤로 물러섰다.

현성이 내뿜는 기세에 용수종의 본능이 경고를 보내오고 있었다. 이대로 있으면 당하고 말거라는.

'내가 진다고?'

용수종은 식은땀을 흘렸다.

비록 상대가 후광파 조직원들을 쓰러뜨리긴 했으나, 그 정도라면 자신도 할 수 있었다. 또한 상대는 기껏해야 고등학생. 경험도 실력도 자신이 위였다.

하지만 현성과 몇 번 공방전을 주고받은 지금, 용수종은 자연스럽게 패배라는 단어를 떠올리고 있었다.

그런 용수종에게 현성은 일방적인 선언을 내렸다.

"피할 수 있으면 피하고, 막을 수 있으며 막아봐라."

그 말이 끝남과 동시에 처음으로 현성의 오른손이 다가왔다. 용수종의 눈에는 느릿느릿하게 보였다.

이런 속도라면 피하지 못할 리 없었다.

'……!'

하지만 용수종은 몸을 움직일 수 없었다. 무언가에 홀린 것처럼 현성의 오른손을 멍하니 바라보고만 있었다.

그 순간!

'사라졌다?'

용수종의 눈앞에서 다가오던 현성의 오른손이 투명해지는가 싶더니 완전히 사라졌다.

'어?'

그리고 용수종은 자신의 몸에 이변이 생겼음을 직감했다.

시야가 흔들리면서 눈앞에 있는 소년의 모습이 여러 개로 늘어나 보였던 것이다.

'터, 턱을 당했나?'

용수종은 자신이 가벼운 뇌진탕 상태에 빠졌다는 사실을 깨달았다. 그 말은 곧 턱을 공격당했다는 사실을 의미했다.

턱을 공격당하면 가벼운 뇌진탕 증세가 나타나기 때문이다.

"대체 어떻게……?"

언제, 어떻게 공격을 당했는지 영문을 알지 못한 채 용수종은 무릎을 꿇었다.

그 모습을 본 현성은 만족스러운 미소를 지었다.

'성공이군.'

현성은 용수종에게 공격을 하기 직전, 부분적인 인비지빌리티를 시전했다. 범위는 팔꿈치에서부터 손끝까지였다.

그 때문에 용수종은 현성의 오른손이 사라졌던 것처럼 보인 것이다.

"그럼 끝은 봐야겠지?"

이미 승패는 나 있었다. 하지만 용수종은 물러설 생각이 없었다.

그의 임무는 한진철 사장의 호위.

우직한 성격의 그는 끝까지 자신의 임무를 관철할 생각이었다. 용수종은 묵묵히 자리에서 일어서더니 자세를 잡았다.

"와라."

그 말에 현성은 주저 없이 용수종의 품속으로 뛰어들었다.

'쇼크 웨이브!'

"커헉!"

현성의 강력한 일격이 용수종의 명치에 작렬했다. 그 충격에 용수종은 그대로 바닥에 쓰러졌다.

'이, 이 정도쯤은……'

용수종은 자리에서 일어나기 위해 안간힘을 썼다. 하지만 생각뿐이었다. 용수종은 꼼짝할 수 없었다.

"당분간 움직일 수 없을 것이다."

"큭······."

결국 용수종은 패배를 인정하며 물러났다. 현성은 용수종에게 눈을 떼고 한진철을 향해 시선을 돌렸다.

"히, 히익!"

그러자 한진철은 사색이 된 표정을 지었다. 자신이 믿고 있던 용수종을 어린아이를 대하듯 상대하다가 쓰러뜨린 현성이 날카로운 눈으로 노려봤기 때문이다.

"오, 오지 마! 이 괴물 자식아!"

"······."

순간 현성의 표정이 변했다. 그리고 살이 에일 것 같은 싸늘한 기운을 뿌렸다.

어느 틈엔가 그의 손에 총이 들려 있었기 때문이다.

"오, 오면 쏜다!"

한진철 사장은 손을 덜덜 떨며 총구를 현성에게 겨눴다.

"이봐, 한진철 사장."

"뭐, 뭐야!"

"사람을 죽여본 적 있나?"

"······!"

한진철은 입을 다물었다. 뒷세계에 몸을 담근 후, 온갖 불법적인 일을 해왔지만 아직 사람을 죽여본 적은 없었다.

지금 가지고 있는 총도 협박을 하거나 자신의 몸을 보호하기 위한 수단이었다. 한 번도 사람에게 사용해보지 않았다.

잠깐 멈칫하는 한진철의 모습에 현성은 아직 그가 살인을 해보지 않았다는 사실을 알 수 있었다.

"총 내려놔라. 그건 협박용 물건이 아니다."

"다, 닥쳐! 네깟 놈 하나 내가 못 죽일 것 같아? 이 건방진 새끼야!"

타앙!

저택 안에서 총소리가 유난히 크게 울려 퍼졌다.

한진철이 난데없이 발포하자 남아 있는 조직원들의 얼굴에 긴장감이 떠올랐다.

"정말로 쏘다니······."

바닥에 쓰러져 있던 용수종이 망연자실한 표정으로 중얼거렸다.

하지만 잠시 후, 그들은 숨이 넘어갈 것 같은 얼굴로 경악한 표정을 지었다.

"말로 해서는 안 되겠군."

총탄에 맞아 피를 쏟아낼 것 같은 현성이 눈살을 찌푸리며 멀쩡히 서 있었기 때문이다.

어디 그뿐인가?

현성은 주먹을 쥔 채 앞으로 내밀고 있던 오른손을 폈다.

탱그랑!

현성의 오른손에 쥐어져 있던 총탄이 바닥에 떨어지며 금속성을 냈다. 그 모습을 본 모든 사람은 경악한 눈으로 바라봤다.

"마, 말도 안 돼……."

"맨손으로 총알을 막다니……?"

"으, 으아아아악!!"

경악한 눈으로 현성을 바라보는 것도 잠시.

믿기지 않는 현실을 받아들이지 못하고 비명을 지르며 도망가는 자들이 생겨났다.

'홀드.'

하지만 도망가는 자들을 그냥 놔둘 현성이 아니었다. 현성은 저택에서 도망가는 자들에게 홀드를 걸었다.

그들은 몇 발 가지 못하고 그 자리에 멈춰 섰다.

"각오는 되어 있겠지?"

현성은 싸늘한 눈으로 한진철을 노려봤다.

"대, 대체 무엇 때문에 이러는 것이냐?!"

"무엇 때문이냐고?"

현성은 어이없는 웃음을 흘렸다.

"웃기는군. 설마 당신 아들이 내 가족을 건드렸다는 사실을 모른다고는 하진 않겠지?"

"……!"

그 말에 한진철은 눈을 부릅떴다.

확실히 오늘 자신의 아들인 한진상이 건방진 녀석 한 명을 손봐주겠다고 하면서 쌍둥이 형제를 빌려갔다.

　그런데 눈앞에 있는 괴물 같은 인간의 가족을 건드렸다니!

　한진철은 현성을 노려보며 소리쳤다.

　"그, 그래서 복수를 하려고 온 것이냐?"

　"아니. 다만 두 번 다시 내 가족들을 건드리지 못하게 하려고."

　현성은 고개를 흔들며 대답했다.

　어찌 되었든 현성은 한진철을 용서할 생각이 없었다.

　권총으로 자신을 죽이려 들었으니까.

　거기다 한진철의 아들인 한진상은 자신을 매장시키기 위해 여동생을 납치하는 일도 주저하지 않았다.

　현성은 한진철을 향해 다가가기 시작했다.

　"히끅."

　자신을 향해 다가오는 현성을 바라보며 한진철은 저항할 의지를 상실했다. 아직 권총에는 총탄이 남아 있었지만 쏠 엄두가 나지 않았다.

　털썩.

　한진철은 손에 들고 있던 권총을 떨어뜨리며 무너지듯 자리에 주저앉았다.

　"감히 내 여동생을 건드린 대가는 받아야 할 거다."

　퍽!

현성은 멍한 얼굴로 자신을 올려다보는 한진철을 발로 걸어찼다.

"컥!"

짧은 비명을 지르며 한진철은 입에 게거품을 물며 바닥에 쓰러졌다. 꿈틀꿈틀 움직이는 모습을 보니 죽지는 않았지만 기절한 모양이었다.

'쓰레기 같은 놈이라고 하나 죽일 수는 없지.'

현성은 차가운 눈으로 한진철을 노려본 후, 고개를 들고 저택에 남아 있는 사람들을 둘러봤다.

현성의 시선이 닿은 자는 저마다 움찔움찔 놀라며 몸을 떨었다.

"아, 시발 이 밤중에 대체 무슨 소란이야."

그때 하품을 실실하며 잠이 덜 깬 얼굴로 나타난 인물이 있었다. 다름 아닌 후광파 조직의 후계자 한진상이었다.

현성은 한진상이 나타나자 씩 웃으며 인사를 건넸다.

"드디어 나왔구나. 이 버르장머리 없는 후레자식아."

"어?"

한진상은 의아한 표정으로 눈을 깜박였다.

"뭐지? 내가 아직 잠이 덜 깼나?"

못 볼 사람을 본 한진상은 두 눈을 비볐다.

"……."

하지만 여전히 한진상의 눈앞에는 웃고 있는 현성의 모습이 보였다.

"김현성 이 새끼가 왜 여기에 있어?"

아직 상황을 파악하지 못한 한진상은 놀란 목소리로 소리쳤다. 그는 이상혁과 이상현으로부터 연락이 오기를 이제나 저제나 하면서 기다리고 있었다. 그러다 깜박 잠이 들었었는데 바깥이 소란스러워지자 나온 것이다.

그런데 믿을 수 없게도 쌍둥이 형제에게 매장당했어야 할 현성이 눈앞에 있는 게 아닌가?

그리고 이내 입에 게거품을 물고 현성의 발밑에 쓰러져 있는 한진철을 발견했다.

"아, 아빠!"

한진상은 한걸음에 한진철에게로 다가갔다.

"이게 대체 어떻게 된 일이야!"

한진상은 주변을 둘러보다가 경악한 표정을 지었다.

정원에 쓰러져 있는 수많은 경호원과 나무로 된 묵직한 대문이 폭탄이라도 터진 것처럼 산산조각이 나서 불타 있는 모습을 본 것이다.

"대체 누가 이런 짓을 한 거야!"

한진상은 아직 멀쩡하게 서 있는 경호원들을 노려보며 소리쳤다. 하지만 한진상의 시선을 마주친 경호원들은 면목 없다는 얼굴로 고개를 돌릴 뿐이었다.

"네놈 앞에 있지 않느냐."

"뭐?"

현성의 말에 한진상은 멍한 표정을 지었다.

"무슨 말도 안 되는 소리를……."

한진상은 어처구니가 없는 표정으로 현성을 바라봤다.

그에게 있어서 현성은 한심한 빵셔틀 1호에 지나지 않았다. 그런 녀석이 아무리 날고 기어봐야 자신보다 아래였다. 언젠가 조직을 이어받을 자신과 비교조차 할 수 없을 테니까.

하지만…….

"오늘부로 네놈 일가는 후광파에서 사라질 것이다."

"뭐? 이게 미쳤나?"

아직 상황 파악을 하지 못한 한진상은 눈살을 찌푸렸다. 한진상의 눈에 비치는 현성은 어리석은 불나방과도 같았다.

조직의 한복판에 뛰어들어 온 현성을 한진상은 본때를 보여줄 생각이었다.

"이 건방진 자식! 조직의 쓴맛을 보여주마!"

한진상은 아직 멀쩡하게 서 있는 조직원들을 향해 소리쳤다.

"저놈 조져 버려요!"

"……."

하지만 조직원들은 멀뚱히 서 있을 뿐이었다.

조직을 쳐들어온 소년이 무슨 짓을 했는지 자신들의 몸이 움직여지지 않았기 때문이다.

그 모습에 한진상은 어리둥절한 표정으로 중얼거렸다.

"뭐, 뭐야? 왜 가만히 있어?"

"왜냐하면 내가 이미 그들을 제압했기 때문이지."

"뭐라고?"

한진상은 놀란 눈으로 현성을 바라봤다.

조직원들을 제압했다니 그게 대체 무슨 소리란 말인가?

현성은 놀라고 있는 한진상을 무시하며 용수종을 바라봤다.

"한진건설 비밀 장부는 어디에 있나?"

"가장 안쪽 서재실에 있는 비밀 금고에 있습니다."

"가져와라."

"예."

현성의 말에 용수종은 자리에서 일어나더니 장부를 가지러갔다. 지금 이 자리에서 실세가 누구인지 잘 알고 있었기 때문이다.

"요, 용 실장님!"

용수종이 순순히 장부를 가지러 가자 한진상의 얼굴이 새파랗게 질렸다. 후광파의 후계자인 한진상은 장부의 중요성을 잘 알고 있었다. 항상 아버지인 한진철이 장부의 중요성을 누누이 말해왔던 것이다.

만약 장부가 경찰의 손에 넘어가기라도 한다면 자신들은

파멸이었다.

하지만 그런 한진상의 속도 모른 채 용수종은 장부를 들고 다시 나타났다.

"이, 이게 무슨······!"

그 모습을 한진상은 믿을 수 없는 눈으로 바라봤지만 섣불리 움직이지 않았다. 현성이 얼마나 강한지 다른 누구보다 알고 있었으니까.

"가관이군."

한진철 일가의 비리를 확인하기 위해 장부를 대충 훑어본 현성은 고개를 절레절레 혼들었다. 장부에는 사채업에 대한 내용과 여러 기업에 뇌물을 준 내용들이 기록되어 있었다.

만약 장부가 경찰이나 매스컴에 넘어간다면 엄청난 스캔들이 터질 것이다.

한참 장부를 읽고 있던 현성은 의아한 표정을 지었다.

"그런데 붉은 글씨로 쓰인 건 뭐지? 새우잡이? 참치잡이?"

"아, 그건 사채를 빌리고 돈을 갚지 못한 사람들을 어선에 보낸 것입니다."

"뭐라고?"

용수종의 대답에 현성은 눈살을 찌푸렸다.

장부를 보면 사채를 빌린 사람들은 믿기지 않는 이자율로 원금이 어마어마하게 불어 있었다. 그런데 그걸 갚지 못했다고 힘들기 짝이 없는 어선으로 보내다니?

순간 현성의 머릿속에 좋은 생각이 떠올랐다.

사실 현성은 조직의 보스인 한진철과 후계자인 한진상을 어떻게 처리해 버리면 좋을지 고민하고 있었다.

가장 무난한 방법은 역시 비밀 장부를 경찰에 넘겨서 한진철을 교도소에 처넣는 것이었지만, 그렇게 되면 한 가지 문제점이 생긴다.

'조직이 와해된다는 점이지.'

현성은 자신의 뒤를 봐줄 조직을 원하고 있었다.

그런데 조직 자체가 사라져 버린다면 의미가 없었다.

그리고 한진철을 교도소에 넣는다 해도 분명 돈을 써서 형량을 줄일 게 뻔했다.

그런데 경찰에 넘기지 않고도 한진철과 한진상을 처리할 아주 좋은 방법이 떠오른 것이다.

"잘됐군. 한진철과 한진상 저놈들 새우잡이 어선에 보내버려."

"예?"

"뭐라고!"

현성의 말에 용수종과 한진상은 놀란 표정을 지었다.

특히 한진상의 얼굴은 창백하게 질려 있었다.

새우잡이 어선이라니!

그곳이 얼마나 힘든 일을 하고 있는지 한진상은 어느 정도 알고 있었다. 아니, 힘들다기보다 위험했다. 동력도 없는 무동력선을 타고 바다에 나가기 때문에 사고라도 당하면 생명을 보장할 수 없었으니까.

그 때문에 많은 사람이 새우잡이 어선으로 팔려 나갔다.

"무슨 그런 말도 안 되는 소리를!"

한진상은 현성을 노려보며 항의했다.

하지만 현성한테는 씨알도 먹히지 않았다.

"자업자득이지. 네놈들이 한 짓을 어디 한번 똑같이 당해 봐라."

"그런 바보 같은……."

싸늘한 현성의 말에 한진상은 그 자리에서 무너져 내렸다.

그런 한진상을 뒤로하고 현성은 용수종을 바라봤다.

용수종과 주먹을 맞대며 상대했을 때 현성은 그의 심성을 어느 정도 느낄 수 있었다.

현성은 조용히 용수종을 불렀다.

"용 실장."

"예."

"자네는 조직에서 서열이 어느 정도 되나?"

"상위에는 속합니다."

무에타이의 달인인 용수종은 뒷세계에서 알아주는 주먹이었다. 그 때문에 그를 따르는 동생이 조직 내에 제법 있었다.

"그럼 조직의 보스가 되어볼 생각이 없나?"

"예?"

용수종은 의아한 얼굴로 반문했다.

순간 현성의 말을 잘 이해하지 못했던 것이다.

"후광파 조직의 보스 자리와 한진건설의 사장 자리에 앉을 생각이 없는지 물었다."

그 말에 용수종의 눈이 부릅떠졌다.

조직의 보스라니! 사장 자리라니!

그런 자리를 과연 어느 누가 마다한단 말인가?

용수종 또한 기회가 있다면 그 자리에 올라가고 싶은 인물 중에 한 명이었다.

"될 수 있으면 좋겠지요. 하지만……."

용수종은 말꼬리를 흐렸다.

아직 후광파에는 여러 간부가 있었으며, 무엇보다 조직의 2인자인 김태성 팀장이 남아 있었다.

"무슨 문제가 있나?"

"아직 조직의 간부들이 남아 있습니다. 그들을 제압하지 못하면 조직을 손에 넣을 수 없습니다."

"그거라면 걱정할 필요가 없지. 내가 도와줄 테니까."

"……!"

용수종은 놀란 표정을 지었다.

확실히 눈앞의 소년이 자신을 도와준다면 조직을 휘어잡

을 수 있을 것이다.

하지만 어째서 눈앞에 있는 소년은 자신을 도와주면서까지 조작의 요직에 앉히려 하고 있었다.

그렇다면 그 이유가 있을 터.

"당신의 목적은 대체 무엇입니까?"

그 물음에 현성은 용수종을 지그시 바라봤다. 두려움이 깃들어 있는 표정이었지만 눈빛은 살아 있었다.

현성은 그에게 자신의 생각을 털어놨다.

"좋아. 단도직입적으로 말하지. 나는 후광파의 보스 자리와 한진건설 사장 자리에 내 사람을 앉혀놓고 싶다."

"그 말은 조직을 뒤에서 조종하겠다는……?"

"그 정도까지는 아니야. 다만 내 뒤를 봐주었으면 좋겠군."

이미 한진철의 저택으로 오기 전부터 조금씩 생각을 해왔던 일이었다. 현성은 자신을 백업해 줄 조직을 만들기로 결심했다.

자신의 뒤를 봐주는 조직이 있으면 앞으로 활동하기가 수월해질 테니까.

"나는 자네가 그 자리에 앉아줬으면 좋겠어."

"왜 저입니까?"

의아한 얼굴로 반문하는 용수종의 얼굴을 바라보며 현성은 씩 웃어 보였다.

"자네가 마음에 들었으니까. 그 외에 다른 이유가 필요한가?"

현성은 조금 전 용수종과 주먹을 마주대면서 그의 심성을 알 수 있었다. 조직폭력배의 일원이라고는 하나 지킬 것은 지키는 인물로 느껴졌던 것이다.

그리고 어딘지 모르게 남호걸과 비슷한 느낌도 들었다.

"알겠습니다. 당신을 따르겠습니다."

결국 용수종은 현성에게 고개를 숙였다. 그런 용수종에게 현성은 악수를 청했다.

"앞으로 잘해보자고."

현성은 만족스러운 미소를 지어 보였다.

*   *   *

그로부터 이틀 뒤, 서해안 앞바다.

망망대해인 바다에 멍텅구리 배라고 불리는 무동력선 한 척이 뗏목처럼 떠 있었다. 그 이름도 유명한 새우잡이 배였다.

새우잡이 배는 말이 어선이지 동력도 하나 없으며, 닻을 내린 후 고정시켜 놓았기 때문에 움직일 수도 없었다.

그리고 새우잡이 배가 육지에 가는 일은 없으며, 보름에 한 번씩 정기적으로 잡은 새우들을 옮기기 위해 배 한 척이 오고 갈 뿐이었다.

그때 생필품도 함께 놔두고 가기 때문에 선원들이 육지에 가지 않아도 되었다. 그 때문에 새우잡이 배를 철창 없는 감옥이라고 부르기도 했다.

"이봐, 김씨. 오늘 선주가 오는 날이지?"

"어, 그려. 선주 오기 전에 드럼통에 새우 다 담아놔야 혀."

"아 시발, 드럼통 졸라 무거운데."

새우잡이 배에서 일을 하고 있는 네 명의 선원은 죽어가는 표정을 지었다.

그들 대부분은 삼십대에서 사십대로 사채업자들에게 돈을 빌리고 갚지 못해 어쩔 수 없이 새우잡이 배를 탄 사람이었다.

그나마 다행인 점은 현재 타고 있는 배는 전부 같은 처지의 사람뿐이라 서로 도와가며 생활을 하고 있었다.

하지만 그렇다고 일을 내팽개치거나 하지는 않았다. 언제 어느 때에 선주가 우람한 덩치를 자랑하는 선원들을 데리고 불시에 찾아올지 알 수 없었기 때문이다.

만약 선주가 찾아왔을 때 할당량을 채우지 못하면 어김없이 매타작이 이어졌다.

'한진철 개새끼……'

하루 종일 바다 위에서 새우를 잡고, 구타나 폭력을 당하는 지옥 같은 나날 속에서 그들은 한진철에 대한 원망과 원한을

키우고 있었다. 그들을 새우잡이 배로 직접 보낸 인물이 다름
아닌 후광파 조직의 보스 한진철이었으니까.

통통통.

그때 저 멀리서 선주의 배가 오고 있는 소리가 들려왔다.

"아따, 빨리도 오네."

"어여, 일들 마무리 짓자고. 안 그러면 선주가 확 돌아버릴
지도 모르니께."

"그려."

그들은 선주를 두려운 듯 묵묵히 일을 시작했다.

만약 자신들이 할 일을 끝내지 못하면 선주가 데리고 온 선
원들에게 푸닥거리질을 당해야 하니 말이다.

잠시 후, 선주의 배가 새우잡이 어선에 도착했다.

"일들 잘 하고 있겠지? 오늘 새로운 인원이 왔다. 너무 심
하게는 대하지 마라."

새우잡이 배에 도착한 선주는 날카로운 눈매의 중년 사내
였다. 그의 등장에 새우잡이 어선의 선원들은 긴장한 표정을
지었다. 하지만 새로운 인원이 왔다는 사실에 입꼬리가 귀에
걸렸다.

"와, 막내가 벌써 온 거여? 이제 일하기 좀 쉬워지것구만."

"힘 좀 쓰는 애였으면 좋것는디……."

그렇지 않아도 인원이 모자라 일이 힘들었다.

그런데 새로운 인원이 왔으니 앞으로 일이 편해질 거라는

생각에 그들은 기쁜 표정을 지었다.

"보면 무척 좋아할 거다."

선주의 말이 끝나자마자 선주의 배에서 새로 온 막내가 모습을 드러냈다.

"……!"

순간 선원들의 눈이 부릅떠졌다.

새롭게 왔다는 막내는 자신들이 알고 있는 인물이 아닌가? 그를 본 선원들은 실성한 것처럼 미친 듯이 웃어댔다. 그리고 막내에게 다가가더니 환한 미소로 환영의 뜻을 전했다.

"잘 왔다, 막내야."

"지옥의 새우 맛을 보여주마."

"흐흐흐."

선주가 데려온 막내는 다름 아닌 죽을상을 하고 있는 한진철이었다.

제 8 장
병문안

현성이 용 실장과 서로 협약을 맺은 지도 어느덧 3일이 지
났다. 그동안 현성은 용 실장이 후광파를 휘어잡을 수 있도록
뒤에서 도와주었다.

　그 결과 현재 용 실장은 조직의 80% 정도를 장악했다. 그
리고 잠깐 동안 용 실장과 함께 하면서 현성은 자신의 눈이
틀리지 않았다는 사실을 알 수 있었다.

　그는 한마디로 말하자면 공명정대한 사람이었다.

　게다가 부하들을 잘 챙겨주기도 했다.

　대체 어떻게 해서 한진철 같은 쓰레기 밑에 용 실장 같은
인물이 있었는지 신기할 따름이었다.

'이제 당분간 후광파 일은 신경 쓰지 않아도 되겠지.'

시간이 지나면 조직은 안정화가 될 것이고, 용 실장의 입지는 더욱 확고해질 터였다.

'음?'

평소와 마찬가지로 학교에 등교해서 교실 문을 열고 들어간 현성은 심상치 않은 분위기를 느꼈다. 반 아이들이 힐끔힐끔 자신의 눈치를 살피고 있었던 것이다.

지금 학교에는 현성의 여동생이 인천 항구의 창고에 납치를 당했다가 구출되었다는 이야기가 퍼지면서 온갖 소문이 전교에 나돌고 있었으며, 그중에는 현성이 조폭 수십 명과 싸워서 여동생을 구했다는 소문도 있었다.

남호걸이 현성을 손봐주기 위해 폭력 서클에 있는 아이들을 동원한 일이 흘러나가면서 소문이 부풀어 오른 것이다.

'창고에서의 일이 벌써 알려진 건가?'

현성이 경찰에 신고한 덕분에 창고에서 일은 알려질 수밖에 없었다. 그리고 경찰의 조사가 시작되자 모든 일이 일사천리로 해결되었다.

하지만 부모님들이 사건에 대해 알게 된 것은 어쩔 수 없는 일이었다.

가능하면 가족들에게 걱정을 끼치고 싶진 않았지만 현아가 납치당한 사건은 조용히 넘길 수 있는 성질의 일이 아니었다.

그 때문에 현성의 부모님들이나 한진상의 패거리인 드립퍼와 비둘기의 부모님들도 사건에 대해 전부 알게 되었다.

현행범으로 붙잡힌 이상현은 납치와 협박, 폭행죄로 교도소에 수감되었고, 비둘기와 드립퍼는 미성년자라는 이유로 불구속 입건이 되었다.

그리고 남호걸은 이상현에게서 현아를 구하려고 한 영웅이 되어 있었다. 여중생을 구하기 위해서 납치범에게 대항한 결과, 전치 2주라는 영광스러운 상처를 입었기 때문이다.

그 덕분에 학교에서 문제아 취급을 받던 남호걸의 평판은 완전 반대로 바뀌었다.

그에 반해 비둘기와 드립퍼는 학교에서 보름간 정학을 당한 후, 전학을 가야되는 신세였다. 본래라면 퇴학 처리를 해야 했으나, 그들 또한 이상혁 형제에게 협박을 당해 강제적으로 따라야 했다는 점이 밝혀져서 퇴학만큼은 면할 수 있었다.

현성도 그 녀석들이 한진상의 말을 들을 수밖에 없는 상황을 알고 있었기 때문에 퇴학은 시키지 말자고 학교 선생님들에게 청원을 하기도 했다.

하지만 다른 학교로 전학을 가더라도 이미 현아 납치 사건은 전국으로 알려진 터라 세간의 눈총을 피하기는 힘들 것이다.

그리고 무엇보다 현아 납치 사건의 주모자가 한진상이라

는 사실을 학교 측에서는 알지 못했다. 거기다 이미 한진상은 전학을 가버린 후였다.

창고에서 있었던 사건 다음 날, 아버지의 일 때문에 전학을 가게 되었다는 일반적인 통보가 학교 측으로 전해져 왔던 것이다.

실상은 현성이 한진철을 새우잡이 배로 보냈기 때문이었지만, 학교에서 그 사실을 알 리가 없었다.

물론 그동안 한진상이 행해온 일들을 밝혀내서 퇴학을 받도록 만들 수도 있었지만, 현성은 눈감아주었다. 그리고 아직 한진상이 미성년자임을 감안하여 새우잡이 배에도 보내지 않았다.

다만, 한진철과 함께 전라도 근해에 있는 외딴 섬으로 보내버렸을 뿐이었다.

아무것도 없는 섬이었기 때문에 살아가는 데 상당한 고생을 하게 될 것이다.

현대 문명과는 동떨어진 곳이었으니까.

또한, 한진철과 한진상이 두 번 다시 돌아오지 못하도록 단단히 손을 써놓기도 했다.

"그건 그렇고 조만간 남호걸을 한번 찾아가 봐야겠군."

이유가 어찌되었든 현성은 여동생을 도와주려고 한 남호걸이 기특했다.

비록 별다른 힘도 써보지 못하고 쌍둥이 형제에게 당해버

렸지만, 현아를 도와주려고 했다는 점이 현성의 마음에 들었
다. 그리고 남호걸이 창고에서 경찰들이 출동하기 전까지 여
동생을 돌봐주고 뒤처리까지 해주었다.

이래저래 남호걸에게 도움을 받은 현성은 병문안을 가볼
생각이었다.

"도움을 받았으면 보답하는 게 도리지."

현성은 살짝 미소를 지었다.

＊　　　＊　　　＊

방과 후.

현성은 학교를 마치고 집으로 돌아가고 있었다.

"배고프네."

마음 편히 쉴 수 있는 집이 가까워지자 현성은 허기가 졌
다. 집에 도착하면 라면이라도 끓여 먹어야겠다고 생각했다.

"현성이 왔구나."

집에 도착해서 현관문을 열고 들어가니 어머니가 부리나
케 마중을 나왔다. 어머니는 현성을 꼭 끌어안으며 말했다.

"오늘 하루는 별일 없었니? 몸은 괜찮고?"

불과 3일 전만 하더라도 양아치들과 연루된 사건이 있었으
니 걱정이 될 수밖에 없을 것이다.

"예. 별일 없었어요."

현성은 걱정이 가득한 어머니를 바라보며 웃어 보였다.

"그런데 어디 가시게요?"

"응. 이제 시장에 좀 나가보려고."

"현아는요?"

현성의 말에 어머니는 한숨을 내쉬셨다.

"여전하다. 아직도 방 안에서 나오질 않고 있구나."

"그래요?"

창고에서 있었던 납치 사건 이후 현아는 3일째 학교를 쉬고 있었다. 더욱이 하루 종일 방 안에서 나오질 않으니 현성과 부모님은 걱정이 되지 않을 수 없었다.

"그럼 현아 좀 부탁하마."

"네. 잘 다녀오세요."

현성은 괜찮다는 얼굴로 웃으며 대답했다.

그렇게 어머니는 시장으로 가고 현성은 집 안에 들어왔다.

그리고 현아의 방문 앞을 지나다가 잠시 발걸음을 멈췄다. 현아의 방문은 굳게 닫혀 있었다.

'지금은 혼자 있는 편이 낫겠지.'

창고에서 있었던 납치 사건은 현아로서도 충격적이었을 것이다. 현성은 자기 방에 들어가서 가방을 내려놓고 다시 나왔다.

부엌에서 라면이라도 끓여 먹을 생각이었다.

찬장에서 라면을 꺼내고, 냄비를 꺼내는 등 조용하던 부엌이 부산스러워졌다. 그리고 현성이 냄비에 물을 받고 있을 때 등 뒤에서 가녀린 목소리가 들려왔다.

"오빠?"

현성은 고개를 돌렸다.

그곳에 약 3일 만에 보는 약간 창백한 얼굴의 현아가 서 있었다. 그 모습이 현성은 너무 안쓰럽게 보였다.

"현아야. 이제 괜찮은 거야?"

"응⋯⋯."

걱정스러운 현성의 말에 현아는 힘없는 미소로 답했다.

자그마치 3일 만에 자신의 방에서 나온 현아였다. 현성은 정말 다행이라는 표정을 지었다. 현아는 자신을 걱정스럽게 바라보는 현성을 바라보며 생각했다.

'정말 많이 변했네.'

예전 같았으면 저런 식으로 자신을 보아주지 않았을 것이다.

그리고⋯⋯.

'설마 오빠가 나를 구해주러 와주다니.'

현아는 아직 기억하고 있었다.

창고 안에서 자신을 구하러 와준 현성의 모습을 말이다.

그때의 기억을 떠올린 현아는 속으로 작은 미소를 지었다. 그러다가 깜짝 놀란 표정으로 이내 고개를 도리도리 흔들었다.

"왜 그러니 현아야?"

갑작스러운 현아의 행동에 현성이 걱정스러운 목소리로 물었다. 그러자 현아는 화들짝 놀란 얼굴로 말했다.

"아, 아무것도 아니야. 그보다 오빠, 부엌에서 뭐하고 있었어?"

"배고파서 라면 먹으려고."

"밥은?"

"말아 먹을 거야."

"흐응……."

현아는 물끄러미 현성을 바라봤다.

"혼자만 먹을 생각이구나."

현아의 시선이 아프게 찔러온다.

현성은 머쓱한 미소를 지었다.

"당연히 아니지. 특별히 참치와 계란을 넣어서 끓여줄게."

"헤에, 참치와 계란까지……."

조금 전보다 현아의 시선이 날카로워졌다.

현성은 자기도 모르게 살짝 식은땀을 흘렸다.

"역시 오빠는 내가 싫은가 보구나? 그런 고칼로리 음식을 먹이려고 하다니."

"아니, 난 항상 그렇게 먹는데……."

"내가 오빠인 줄 알아? 그렇게 먹다간 살찐단 말이야."

현아는 뾰로통한 표정으로 말했다.

그 말에 현성은 두 손 든 표정을 지었다.

"그럼 먹고 싶은 게 뭐야?"

"스파게티, 파스타, 스테이크, 피자, 카레 등등?"

"……."

현성은 침묵했다. 어느 것 하나 만들기 어려운 음식뿐이었
다.

거기다…….

'대부분 고칼로리 음식 아닌가?'

현성은 어색하게 웃으며 현아를 바라봤다.

"농담이야."

현아는 힘없는 미소를 지어보였다. 그리고 현성을 바라보
며 말했다.

"그럼 나 이제 김치 볶음밥 만들 테니까 자리 비켜줘."

"밥 해주려고?"

순간 현아의 얼굴이 살짝 붉어졌다.

"오, 오빠는 덤이야. 내가 먹으려고 만드는 거니깐! 알겠
지?"

"아아."

현성은 피식 웃으며 대꾸했다.

그리고 현아의 머리를 쓰다듬어주었다. 심신에 활력을 불
러일으켜 주는 따스한 마나를 머금은 손으로.

"그럼 부탁할게."

그 말을 끝으로 현성은 부엌에서 나왔다.

저녁 식사 시간.

어머니로부터 아버지와 함께 저녁을 먹겠다고 연락이 왔다.

그 때문에 현성은 현아와 단둘이 부엌 식탁에서 저녁을 먹고 있었다.

"맛있어?"

"응."

현성은 고개를 끄덕이며 말했다.

그 모습을 현아는 물끄러미 바라봤다.

사실 현아는 3일 전 창고에서 무슨 일이 있었는지 현성에게 묻고 싶었다. 난데없이 납치를 당하고 창고에서 묶여 있다가 현성을 만난 후에는 계속 정신을 잃고 있었으니까.

그런 현아의 마음을 알기라도 하는 것처럼 현성은 부드러운 목소리로 입을 열었다.

"현아야."

"으, 응. 왜?"

현아는 갑자기 현성이 자신을 부르자 당황한 얼굴로 대답했다. 그런 현아를 현성은 작은 미소를 지으며 바라봤다.

"이제 아무 걱정하지 않아도 돼. 앞으로도 계속 지켜줄 테니까."

"······!"

순간 얼굴이 화끈거리며 붉게 달아오른 현아는 작은 목소리로 중얼거렸다.

"그런 말, 반칙이야······."

"응? 방금 뭐라고 했어?"

"아니, 아무것도······."

현아는 고개를 흔들었다. 그리고 방글방글 웃으며 밥을 먹는 현성을 물끄러미 바라봤다.

그렇게 단란한 남매의 식사 시간은 흘러가고 있었다.

*   *   *

어느덧 주말이 되었다.

오랜만에 바깥 구경을 하면서 현성은 남호걸이 입원해 있는 병원으로 가고 있는 중이었다.

여동생을 도와준 남호걸을 만나기 위함이었다.

남호걸에게 직접적인 도움을 받은 현아도 병원에 가려고 했지만 현성이 말렸다.

아직 납치 사건의 후유증이 남아 있을까 봐 걱정스러웠기 때문이다. 아니, 본심을 말하자면 남호걸과 현아가 만나는 것을 탐탁지 않게 여기고 있었다.

"소중한 여동생을 남자 녀석과 만나게 할 수는 없지."

그런 연유로 현아는 지금 집에서 쉬고 있었다.

병원 앞에 도착한 현성은 근처 편의점으로 발걸음을 돌렸다.

명색이 병문안을 하러 왔는데 빈손으로 갈 수는 없지 않은가?

적당히 병문안 선물을 산 현성은 남호걸이 입원해 있는 병실로 향했다. 이미 남호걸 패거리들로부터 병실 번호를 알아냈기 때문에 현성의 발걸음은 거침이 없었다.

"305호실, 여기로군."

현성은 병실 문을 열고 들어갔다.

병실은 6인실이었다. 입원해 있는 환자는 남호걸을 비롯해서 세 명 밖에 없었다.

"너, 넌……!"

현성이 병실 문을 열고 들어가자 남호걸이 놀란 표정을 지었다. 설마 현성이 자신을 찾아올 줄은 생각지도 못한 모양이었다.

"병문안 선물이다."

남호걸에게로 다가간 현성은 비타 500 한 박스를 턱 내밀었다. 그러자 남호걸은 묘한 표정을 지었다.

"헐……."

"왜?"

"말투가 좀 애늙은이 같다고 생각은 했었지만 센스까지도 그럴 줄은 몰랐다."

그 말에 순간 현성은 뜨끔했지만 이내 몸을 돌리며 한마디
했다.

"그럼 맛없는 병원 물이나 퍼마시든가. 돌아갈 때 죽이라
도 하나 사줄까 했더니만."

턱!

남호걸은 돌아서는 현성의 어깨를 붙잡았다.

"요즘 비타민과 철분이 부족한 것 같았는데 잘 마실게."

"진작 그렇게 나올 것이지."

현성은 피식 웃어 보였다.

"몸은 좀 괜찮나?"

"보는 대로."

남호걸은 쓴웃음을 지었다.

현아를 도와주려고 하다가 쌍둥이 형제에게 호되게 당했
다. 왼팔은 나이프에 찔렸으며, 갈비뼈도 살짝 금이 갔다. 그
덕분에 지금 왼팔과 가슴에는 붕대를 칭칭 감고 있었다.

그런 남호걸에게 현성은 피식 웃으며 입을 열었다.

"그건 그렇고 네 여동생의 병실은 어디에 있지?"

"내 여동생은 왜?"

"네가 내 여동생을 도와주었으니 나 또한 네 여동생을 도
와주어야 할 것 아니냐."

그 말에 남호걸은 눈을 부릅떴다.

"그 말은⋯⋯. 효연이를 치료할 수 있다는 말이야?"

"앞서가지 마라. 직접 보기 전까진 나도 알 수 없다."

남호걸은 멍한 표정을 지었다.

뇌종양을 수술하려면 많은 돈이 든다. 비록 최근에는 정부의 지원 정책으로 90%에서 95%까지 수술비를 지원한다고는 하지만, 그래도 천만 원에 가까운 비용이 필요했다.

그 때문에 수술을 하지 못한 채 병원에 입원만 간신히 한 상태였다.

그런데 만약 현성이 자신의 여동생을 치료해 줄 수 있다면?

적어도 발등에 떨어져 있는 불은 끌 수 있을 것이며, 여동생의 생명을 구할 수 있었다.

"제발 부탁한다! 내 여동생을 구해다오!"

남호걸은 다짜고짜 현성에게 매달렸다.

여동생을 구할 수 있다면 무슨 짓이든 할 생각이었다.

"쯧. 옷은 좀 놓고 말하지?"

"미, 미안⋯⋯."

여동생을 도와주겠다는 현성의 말에 흥분한 남호걸은 겸연쩍은 표정으로 옷을 놔주었다.

"어쨌든 직접 보지 않는 이상 뭐라고 할 말이 없다. 다만, 내가 할 수 있는 데까지 해보도록 하지."

"아, 알았어. 그럼 여동생이 있는 병실로 데려다줄게."

남호걸은 지금까지 자신이 보아온 현성의 실력이라면 효

연이를 치료할 수 있을지도 모른다고 생각했다. 자신이 생각하기에 불가능한 일들을 현성은 해내왔으니까.

거기다 현성의 인품을 믿었다.

"그럼 안내해라."

그렇게 현성은 남호걸을 대동하고 남효연이 있는 병실로 향했다.

*　　　*　　　*

남효연의 병실 앞.

남효연은 5층에서 1인실을 쓰고 있었다.

그 때문에 하루 입원비가 무려 15만 원 가까이 들었다.

거기다 남효연이 입원한 지도 한 달이 다 되어가고 있었기 때문에 병원비가 만만치 않았다.

남호걸이 괜히 돈에 불을 켜고 있었던 게 아니었다.

"......"

병실 앞에 도착한 현성은 남호걸을 앞세우고 안으로 들어갔다. 1인실 내부는 5평 내외의 아담한 크기로 침대와 옷장, TV만이 자리를 차지하고 있을 뿐이었다.

안에는 침대 위에 누워서 이쪽을 바라보고 있는 소녀가 한 명 있었다.

창백하고 하얀 얼굴에 생기를 잃은 눈의 소녀.

병약해 보이는 인상이었지만 연예인 못지않은 예쁜 소녀였다. 그녀가 바로 남호걸의 여동생인 남효연이었다.

"오빠 왔어?"

남효연은 남호걸을 보자 반가운 표정을 지었다. 그리고 이내 남호걸의 옆에 있는 현성을 바라봤다.

"누구……?"

남효연은 고개를 갸웃거렸다.

고개를 갸웃거리는 남효연의 얼굴은 귀여웠다.

"학교 후배다."

"김현성이다."

남호걸과 현성은 서로 무뚝뚝하게 말했다.

"만나서 반가워요. 남효연이에요."

하지만 효연이는 밝은 미소를 지으며 현성에게 인사했다.

"몸은 좀 어때?"

"항상 그렇지, 뭐."

남호걸의 말에 남효연은 힘없는 미소를 지어 보였다.

지금 남효연은 뇌종양 초기 증세를 보이고 있었다. 악성이 되기 전에 치료를 빨리 해야 하는 상황이었지만, 수술비가 없었기 때문에 간신히 병원에 입원한 상황이었다.

하지만 한 달이 지난 현재 입원비 부담이 컸기 때문에 병실을 옮겨야 할 상황에 처해 있었다.

"조금만 기다려. 오빠가 꼭 수술받게 해줄게."

"응……."

남호걸의 말에 효연은 어색한 미소를 지으며 대답했다: 둘의 모습을 보니 남호걸이 병실에 올 때마다 똑같은 소리를 해대는 모양이었다.

'신파극이 따로 없구만.'

현성은 속으로 고개를 절레절레 흔들었다.

"이야기 끝났으면 좀 비켜줬으면 하는데."

"으, 응……."

현성의 말에 남호걸이 침대에서 물러났다. 그러자 남효연은 놀란 눈으로 남호걸을 바라봤다.

"오, 오빠?"

"괜찮아. 걱정하지 마."

남호걸은 불안한 표정을 짓고 있는 남효연을 안정시켰다. 그리고 현성은 아무 말 없이 침대에 누워 있는 남효연을 물끄러미 바라보고 있었다.

'과연 지금의 내가 고칠 수 있을까?'

이드레시안 차원계에서 지내던 시절의 자신이었다면 걱정이 없었다. 하지만 현대는 이드레시안 차원계처럼 마나가 풍족하지 않았고, 현재 현성은 3클래스 마스터 마법사 수준밖에 되지 않았다. 남효연을 치료할 수 있을지 없을지 완전히 장담할 수 없었던 것이다.

"어떤 것 같아?"

남호걸은 심각한 표정을 짓고 있는 현성에게 조심스러운 목소리로 물었다.

"……."

그 말에 현성은 침묵했다.

현성이 아무런 대답도 하지 않자 남호걸은 애가 달았다. 치료를 할 수 있는지, 아니면 할 수 없는지 알 수 없었으니까.

"자세히 살펴봐야 알 수 있겠지만 불가능하진 않을 것 같다."

"……!"

현성의 말에 남호걸은 눈을 부릅떴다. 그리고 눈가에 살짝 눈물방울이 맺혔다.

"오, 오빠? 갑자기 왜 그래?"

"으, 응? 아무것도 아니야."

남호걸은 고개를 돌렸다.

"그럼 실례……."

현성은 남효연의 이마에 손을 가져다댔다.

'슬립.'

현성은 우선 남효연을 잠재웠다. 치료를 하는데 남효연이 깨어 있으면 방해가 되었기 때문이다.

"무슨 짓을 한 거야?!"

남효연이 정신을 잃자 남호걸은 놀란 얼굴로 소리쳤다.

"걱정 마라. 잠시 잠재웠을 뿐이니."

"재운 거라고? 대체 어떻게……?"

"네가 신경 쓸 일은 아니다."

그 말에 남호걸은 묘한 표정으로 현성을 바라봤다.

"넌 정말 무슨 마술사 같구나."

"마술사가 아니다. 마법사지."

남호걸의 말에 현성은 피식 웃으며 대꾸했다. 그리고 남호 걸을 바라보며 축객령을 내렸다.

"그럼 이제 치료를 시작할 테니 나가 있어주지 않겠나?"

"뭐?"

"네가 있으면 치료에 방해되거든."

그 말에 남호걸의 표정이 변했다.

"왜? 조용히 있을 테니 남으면 안 돼?"

"안 돼. 네가 있으면 내가 집중할 수 없으니까."

남호걸은 납득할 수 없다는 얼굴로 현성을 바라봤다.

"그런 억지가 어디 있어? 네가 그러니 더더욱 지켜봐야겠 다는 생각이 드는데?"

"웃기는군. 그럼 넌 수술실까지 따라 들어가서 지켜볼 생 각이냐?"

"그건 아니지만……."

"그럼 조용히 나가 있어라. 네 여동생을 치료하려면 고도 의 집중이 필요하다. 까딱 잘못하면 네 여동생은 물론 나까지 위험해질지도 모른다. 둘 다 죽는 꼴이 보고 싶다면 나도 할 말 없다."

"큭……."

남호걸은 침대 위에서 잠들어 있는 남효연을 바라봤다.

여동생을 치료할 수 있다면…….

"부탁한다."

"맡겨둬라."

결국 남호걸은 현성을 병실에 남겨놓고 밖으로 나갈 수밖에 없었다.

*　　　*　　　*

남호걸이 밖으로 나가고 남효연의 병실에 혼자 남겨진 현성.

"그럼 시작해 볼까."

현성은 남효연의 이마에 손을 가져다 댔다.

"이미지 스캔."

대상의 상태를 조사하는 마법을 시전하자 현성의 손에서 초록색 빛이 번쩍이더니 남효연의 머리를 감쌌다.

"으음……."

두 눈을 감고 있는 현성의 망막으로 남효연의 머릿속 상황이 비쳤다. 남효연의 뇌종양은 아직 3cm도 되지 않았다. 그리고 다행스럽게도 악성이 아니라 양성이었다.

'다행히 생각보다 심하진 않군.'

전이성 뇌종양이었다면 치료하기 힘들었을 것이다. 암처럼 이곳저곳에 퍼져 있었을 테니까.

하지만 원발성이었기 때문에 3cm 정도 되는 뇌종양 하나만 제거하면 끝날 일이었다.

'문제는 이것을 어떻게 제거하느냐, 인데…….'

뇌종양은 크기보다 위치가 문제였다. 남효연의 뇌종양은 뇌막에 자리를 잡고 있었다.

최대한 후유증이 생기지 않는 방법으로 제거해야 했다.

'해볼까?'

"텔레포테이션."

현성의 시동어와 동시에 남효연의 머릿속에 있는 뇌종양이 초록색을 내면서 사라졌다. 그리고 현성의 손 위에 검붉은 색을 가진 뇌종양이 초록빛과 함께 나타났다.

"후… 성공인가?"

현성이 시전한 텔레포테이션은 물건을 공간 이동시킬 수 있는 3클래스 마법이었다. 본래 텔레포테이션은 생명체를 공간 이동시킬 수 있는 마법이 아니었다.

생명체를 공간 이동시키는 마법은 4클래스에 있는 텔레포트였지만, 유감스럽게도 현성은 현재 3서클을 마스터한 상태라 4클래스 마법은 사용할 수 없었다.

하지만 뇌종양 세포만을 공간 이동시키는 것이라면 텔레

포테이션을 사용해도 상관없다고 생각했다.

그리고 그 판단은 틀리지 않았다.

남효연의 머릿속을 좀먹고 있던 뇌종양을 깨끗하게 제거했으며, 그 어떠한 발작 증세도 보이지 않았으니까.

"파이어."

화르륵.

현성의 손 위에 있던 뇌종양이 화염에 불타오르며 재가 되어 사라졌다.

"생각보다 간단하군."

현성은 안도감이 섞인 미소를 지었다.

막상 치료를 시작하니 생각했던 것보다 쉬웠다. 남효연의 뇌 조직에 손상이 가지 않게 정신을 집중해야 했지만, 상위 클래스에 있는 마법을 쓰기 위해 정신을 집중하는 것보다는 덜했던 것이다.

이제 남은 건 남효연을 깨우는 일뿐이었다.

"웨이크 업."

현성은 1클래스 각성 마법을 남효연에게 걸었다. 웨이크 업은 잠들어 있거나 정신을 잃고 기절해 있는 사람을 바로 깨울 수 있는 마법이었다.

"음?"

순간 현성은 의아한 표정을 지었다.

무슨 일인지 남효연이 깨어나지 않았던 것이다.

"왜 일어나지 않지?"

무언가 문제가 생겼음을 직감한 현성은 살짝 눈살을 찌푸렸다. 정상적이라면 웨이크 업 마법 시전 직후 바로 깨어나야 했다. 하지만 남효연은 무표정한 얼굴로 깨어나지 않고 계속 잠들어 있었다.

"이미지 스캔."

현성은 혹시나 싶어서 남효연의 머릿속을 확인했다. 미처 확인하지 못한 뇌종양이 있거나, 혹은 다른 문제가 있는지 알아보기 위해서였다.

하지만 아무런 문제점을 찾을 수 없었다.

"대체 뭐가 문제지?"

현성은 남효연의 얼굴을 바라보며 고민에 빠졌다.

육체적으로는 아무런 문제가 없었다.

그렇다면 남는 것은…….

"설마 정신적인 문제인가?"

현성은 눈살을 찌푸렸다.

만약 정신적인 문제라면 일이 복잡해진다. 거기다 위험도 또한 뇌종양 제거 때와는 비교도 되지 않았다.

"정신 접속 마법은 위험한데……."

현성은 심각한 표정을 지었다.

남호걸로부터 남효연을 맡은 이상 책임을 져야 했다.

식물인간 상태에 있는 남효연을 내버려 둘 수 없었다.

"별수 없지. 남아일언은 중천금이라 했다. 저 아이를 구해 준다고 했으니 끝까지 해보는 수밖에."

이유는 모르겠지만 남효연은 깨어나고 싶지 않은 모양이었다. 이 문제를 해결하려면 남효연의 정신과 직접 만나야 했기 때문에 매우 위험했다.

까딱 잘못하면 남효연은 물론이거니와 현성 자신도 의식을 되찾지 못할 수도 있었으니까.

하지만 이미 마음을 굳힌 현성은 조용히 3클래스 정신 마법을 시전했다.

"마인드 커넥션."

현성의 의식이 남효연의 정신 속으로 흘러들어 갔다.

아무것도 없는 어두운 공간.

그곳에서 하얀 빛을 내며 울고 있는 소녀가 있었다.

나이는 이제 일곱 여덟 살은 되었을까?

무엇이 그렇게 서럽고 두려운지 소녀는 쪼그리고 앉아 무릎에 얼굴을 파묻은 채 울고 있었다.

"돌아가고 싶지 않아."

소녀는 생기를 잃은 눈으로 중얼거렸다.

그런 소녀의 주위에는 갖가지 형태의 깨진 유리처럼 거울 조각들이 둘러싸듯 떠 있었다.

그리고 거울 속에서는 소녀의 부모가 험악한 인상의 사내들에게 협박을 당하는 영상이나, 소녀의 오빠가 또래들과 어울려 싸우는 영상 등이 흘러나왔다.

그중 한 거울 조각에서 소녀가 병원에 입원해 있는 장면이 비쳤다. 소녀를 걱정스럽게 바라보는 부모님과 오빠의 모습이 잠깐 보이더니, 아침부터 밤까지 일만 하는 부모님의 모습과 아이들에게 돈을 갈취하는 오빠의 모습이 영화의 한 장면처럼 거울 속을 스쳐 지나갔다.

"돌아가고 싶지 않아."

그 영상을 본 소녀는 다시 고개를 무릎 속에 파묻으며 울음을 터뜨렸다.

"여기가 너의 세계인가?"

돌연 어디선가 들려오는 목소리에 소녀는 움찔 몸을 떨었다.

"누, 누구……?"

그리고 고개를 들고 주변을 둘러봤다.

"이곳은 네가 틀어박혀 있을 곳이 아니다. 나와 함께 가자."

소녀의 앞에 한 명의 소년이 미소를 지으며 서 있었다.

다름 아닌 현성이었다.

"싫어. 내가 돌아가 봤자 모두에게 민폐만 되는 걸. 그냥 이대로 있을래."

소녀는 도리질을 치며 고개를 숙였다.

그런 소녀의 머리를 현성은 따뜻한 손으로 쓰다듬어주었다.

"네가 걱정할 건 없다. 내가 도와줄 테니까."

"……?"

그 말에 소녀는 고개를 빼꼼히 들었다.

"정말?"

"그래."

"그럼 효연이 곁에 함께 있어줄 거야?"

"약속하마."

소녀는 현성을 올려다보며 눈을 크게 깜빡였다.

그러더니 현성에게 손을 내밀었다.

"도장."

"오냐."

현성은 소녀가 내민 손에 새끼손가락을 걸고 엄지손가락으로 도장을 찍었다.

그 순간 어두컴컴했던 공간이 새하얀 빛의 공간으로 변했으며, 소녀의 주변에 떠 있던 깨진 유리 조각들은 한 곳으로 모이더니 거대한 거울로 변했다.

"그럼 돌아가 볼까?"

"응!"

현성과 약속 도장을 찍은 소녀는 활짝 웃으며 현성을 바라봤다. 그렇게 둘은 서로 손을 잡고 거대한 거울을 향해 발걸음을 옮기기 시작했다.

 "성공이로군."

 남효연이 입원해 있는 병실에서 정신을 차린 현성은 안도의 한숨을 내쉬었다.

 마인드 커넥션은 아주 위험했다. 까딱 잘못하면 대상자와 시전자 모두 뇌사 상태가 되어 식물인간이 되어버리는 수가 있었기 때문이다.

 하지만 다행히 마인드 커넥션은 성공했다.

 '이제 곧 있으면 깨어날 테지.'

 현성은 흐뭇한 미소로 창백한 인상이었던 남효연이 붉게 상기된 평온한 얼굴로 자고 있는 모습을 바라봤다. 그리고 병실 바깥에 있을 남호걸을 불러들였다.

 "효연아!"

 병실로 들어온 남호걸은 다짜고짜 침대 위에 누워 있는 효연이의 손을 붙잡으며 찰싹 달라붙었다. 그리고 현성을 향해 고개를 돌리며 소리쳤다.

 "치료는? 치료는 제대로 된 거냐?"

 "그래."

 "그런데 왜 안 깨어나?"

 "잠들어 있으니까. 곧 있으면 일어날 테니 호들갑 좀 그만 떨어라."

"하지만 만약 효연이가… 채, 채소인간이 되었으면 어떡하지?"

"…지랄한다."

'쯧. 채소인간이 아니라 식물인간이겠지.'

현성은 한심하다는 눈으로 남호걸을 바라보며 한숨을 내쉬었다.

"으음……."

그때 침대위에서 곤히 자고 있던 남효연이 깨어나기 시작했다.

"효, 효연아!"

"오, 오빠……?"

정신을 차린 효연은 눈물을 글썽이려고 하는 남호걸의 얼굴을 바라봤다. 그리고 그 너머에 자신을 물끄러미 바라보고 있는 현성과 눈이 마주쳤다.

"아……."

두근두근!

효연은 자신의 심장이 미친 듯이 요동치고 얼굴이 화끈 달아오르는 것을 느꼈다.

"그럼 난 이만 가보지."

"벌써 가게?"

"오붓한 남매의 시간을 방해하고 싶지 않으니까."

현성은 피식 웃으며 말했다.

남효연이 정신을 차린 지금, 현성이 할 일은 없었다.

현성은 미련 없이 병실 문을 나섰다.

"아, 자……."

그때 효연이 현성을 붙잡으려고 했지만 이미 현성은 병실에서 나간 다음이었다.

'다시 볼 수 있을까……'

남효연은 현성의 모습을 잊지 않으려는 두 눈을 꼭 감았다.

"효연아?"

아쉬워하는 표정을 짓고 있는 여동생을 남호걸은 의아한 눈으로 바라볼 뿐이었다.

제 9 장
사채업자의 횡포

현성이 남효연의 뇌종양을 치료해 준 이후로 이틀이 지났다. 남효연의 뇌를 좀먹고 있던 뇌종양이 사라지자 병원 의사들은 기적이라고 밖에 할 수 없는 일이라며 고개를 흔들었다.

　그런 의사들에게 남호걸은 돈만 축내는 것들이라며 속으로 욕만 했을 뿐, 현성이 치료했다는 사실은 입도 뻥긋하지 않았다. 그뿐만이 아니라 남효연의 앞에서조차 함구했다.

　애초에 말해줘도 믿지 않을 거라 생각했으며, 무엇보다 남효연의 뇌종양이 치료되었다는 사실에 다른 걸 생각할 여유가 없었던 것이다.

　하지만 현성에 대한 감사만큼은 잊지 않았다.

지난 이틀 동안 남호걸은 현성의 곁을 붙어 다니며 은혜를 갚으려 했다. 그 때문에 귀찮아진 것은 현성이었다.

하지만 그에 아랑곳하지 않고 남호걸은 현성을 따라다녔다.

"귀찮은 녀석 같으니."

어둠이 내리는 늦은 시간.

학교를 마치고 나서도 끈질기게 따라오려는 남호걸을 쫓아내고 집으로 돌아온 현성은 한숨을 내쉬었다

그리고 집을 바라본 현성은 고개를 갸웃거렸다.

"현아는 아직 돌아오지 않은 건가?"

현아는 현성보다 일찍 학교를 마친다. 그 때문에 거의 대부분 현성이 집에 돌아오면 현아가 기다리고 있었다.

하지만 오늘은 무슨 일인지 현아가 집에 없었다.

"부모님이야 시장에서 장사를 하고 계실 테고……."

최근 부모님께서 하시는 가게는 이전보다 더 장사가 잘되고 있었다. 현성이 마나를 불어넣은 채소들이 대박을 친 것이다. 처음에는 별다른 반응이 없었지만 며칠이 지나자 조금씩 손님이 늘어나고 있는 실정이었다.

"현아는 언제 돌아올지 모르니 나 혼자 저녁이나 챙겨 먹어야겠군."

부엌으로 향한 현성은 혼자서 라면을 끓이기 시작했다.

부르르!

그때 호주머니에 넣어둔 현성의 스마트폰이 진동했다.

"누구지?"

폰을 확인하니 발신인은 어머니였다.

현성은 전화를 받았다.

"엄마. 무슨 일이에요?"

―…….

현성의 말에 어머니는 한동안 침묵했다. 하지만 스마트폰 너머의 소리는 그렇지 않았다. 무언가 혼잡한 말소리와 기계 소리 같은 게 들려왔던 것이다.

'어디서 전화를 하고 계시는 거지?'

현성은 미간을 좁게 모았다.

그때 돌연 어머니가 울음을 터뜨렸다.

―아이고, 현성아. 이제 우리 어떻게 하면 좋니?

"어, 엄마? 대체 무슨 일이에요? 왜 그러세요?"

갑작스러운 어머니의 행동에 현성은 당황스러운 표정을 지었다. 그러자 어머니가 울먹이는 목소리로 대답했다.

―지금 우리 병원에 있다. 네 아버지가 병실에 입원해 있어.

"예? 그게 대체 무슨 소리에요?"

현성은 놀란 표정을 지었다.

아버지가 병원에 입원해 있다니?

이게 무슨 마른하늘에 날벼락이란 말인가?

―네 아버지가 말이다. 아는 사람들에게 돈을 빌렸는데 말이다. 그놈들이 네 아버지를…….

"……!"

어머니는 말을 끝맺지 못하고 흐느끼며 우셨다. 그리고 그 말에 현성은 눈을 부릅떴다.

집안 사정이 좋지 않다는 사실은 잘 알고 있었다. 또한 친척들이나 아버지 친구들에게 돈을 빌렸다는 사실도.

'즉, 돈 때문에 누군가가 아버지를 건드렸다는 소리로군.'

현성의 몸에서 차가운 살기가 흘러나왔다.

"어머니. 지금 어디에 계신지 위치를 말씀해 주세요."

―으, 응.

차갑고 딱딱한 현성의 말에 어머니는 아버지가 입원해 있는 병원의 위치와 병실을 이야기해줬다.

"알겠습니다. 곧 찾아갈게요."

어머니로부터 위치를 들은 현성은 전화를 끊었다.

으드득!

그리고 이를 바득바득 갈았다.

"감히 아버지를 건드리다니……."

마음속 깊은 곳에서 치솟아오르는 분노를 애써 잠재우며 현성은 나갈 채비를 했다.

자세한 이야기는 병원에 가서 직접 들을 생각이었다.

현성은 싸늘한 얼굴로 집을 나섰다.

　　　　　　　*　　　　*　　　　*

　아버지가 입원해 있는 병원은 그리 멀지 않았다.

　하지만 현성은 마음이 급했다. 한시라도 빨리 병원에 있는
아버지를 보고 싶었다.

　현관문을 나선 현성은 주변을 살펴본 후 마법을 시전했다.

　"인비지빌리티, 플라이."

　그와 동시에 현성의 몸이 투명해지면서 하늘을 향해 날아
올랐다. 그 상태로 현성은 병원으로 향했다.

　'…….'

　어두운 밤하늘을 날고 있는 현성의 눈에 도시의 야경이 보
였다.

　네온사인과 화려한 불빛으로 아름답게 빛나는 밤의 도시.

　현대에서 처음 하늘을 날아보는 현성은 무심한 얼굴로 도
시의 야경을 바라봤다.

　하지만 이내 병원을 향해 속도를 올렸다. 잠시 후, 현성은
병원에 도착할 수 있었다.

　"저쪽이 좋겠군."

　현성은 사람이 없고 불빛이 비치지 않는 어두운 장소를 찾
아 지상으로 내려왔다. 그리고 바로 마법을 해제하고 병원 건
물을 향해 뛰기 시작했다.

병원에 도착한 현성은 1층에 있는 건물 안내도를 참고삼아 아버지의 병실을 찾았다.

'302호실이라고 했었지?'

병실을 확인한 현성은 엘리베이터 앞에 섰다. 엘리베이터는 5층에서 위로 올라가고 있는 중이었다.

그것을 본 현성은 혀를 한 번 찼다.

'직접 뛰는 편이 더 빠르겠군.'

현성은 바로 몸을 돌려서 계단으로 향했다. 그리고 레이포스를 활성화하며 순식간에 계단을 박차고 올랐다.

눈 깜짝할 사이에 3층에 도착한 현성은 복도를 걸었다.

두근.

아버지가 입원해 있는 병실을 향해 다가갈수록 가슴이 뛰었다.

'과연 아버지는 무사하실까? 생명에는 지장이 없겠지?'

불안과 걱정이 교차했다.

잠시 후. 현성은 드디어 아버지의 병실 문 앞에 도착할 수 있었다.

302호 병실.

병실을 확인한 현성은 조심스럽게 문을 열었다. 6인 병실에는 서너 명 정도 되는 환자가 침대에 누워 있었다.

그리고 병실 출입구 옆에서 불안한 얼굴로 의자에 앉아 있는 어머니와 현아의 모습이 보였다.

"혀, 현성아!"

어머니는 현성이 병실에 들어오자 걱정스러운 얼굴로 자리에서 일어났다. 그런 그녀에게 현성은 다급히 말했다.

"아버지 상태는요? 괜찮으신 건가요?"

"……."

현성의 말에 어머니는 울음을 터뜨릴 것 같은 얼굴로 고개를 돌렸다. 현성은 병실 침대에 누워 있는 아버지를 바라봤다.

아버지의 상태는 그리 좋아 보이지 않았다.

오른쪽 팔과 왼쪽 다리에 부상을 입고 붕대를 감고 있었으며, 무엇보다 아직 의식을 찾지 못하고 있었다.

아마 무슨 일이 있었는지 모르는 채로 봤었다면 교통사고라도 당한 줄 알았을 것이다.

"왜 저한테 연락 안 하셨어요?"

이미 치료가 다 끝나 있는 아버지의 모습을 보니 방금 입원을 한 게 아니었다. 무엇보다 교복과 책가방을 가지고 있는 현아를 보아 학교에서 수업을 받다가 연락을 받고 바로 달려온 모양이었다.

그에 반해 현성은 학교를 마치고 한참이 지난 후에야 어머니로부터 연락이 온 것이다.

"네가 걱정되서……."

어머니는 현성의 눈을 마주치지 못했다.

이미 한 번 자살을 시도한 현성에게 부담을 주기 싫었던 것이다. 그 때문에 어머니는 아버지가 병원에 입원했다는 사실을 말하기 힘들었다.

하지만 시간이 지나도 집에 아무도 오지 않거나 연락이 없으면 현성이 걱정할까 봐 더 늦기 전에 연락을 한 것이다.

"전 이제 괜찮다고 말씀드렸잖아요."

현성은 속으로 한숨을 내쉬었다. 대체 언제쯤이 되어야 부모님의 가슴에 든 멍을 지울 수 있을까?

'일단 문제는 그게 아니지.'

"아버지를 이렇게 만든 놈들이 누굽니까?"

현성은 차갑게 내리깐 목소리로 물었다.

그 말에 어머니는 주저하는 얼굴로 대답했다.

"사채업자들이다."

'사채업자!'

현성은 놀란 표정을 지었다.

친척이나 아버지 친구들에게 돈을 빌렸다는 사실까진 알고 있었으나, 설마 사채업자들에게까지 손을 벌리고 있었을 줄이야!

뜻밖의 사실에 놀란 현성이었지만, 이내 차가운 표정을 지었다.

'그러니까 사채업자 놈들이 아버지를 건드렸다 이거지?'

이드레시안 차원계에서 얼마나 보고 싶어 하던 가족인가.

그런데 그런 자신의 아버지를 저런 꼴을 만들어놓다니!

현성은 중태에 빠져 있는 아버지의 모습을 뇌리에 각인시키려는 듯 바라봤다.

'용서할 수 없군.'

현성은 마음속 깊은 곳에서부터 끓어오르는 분노를 느꼈다.

그때 어머니 옆에 서 있던 현아가 눈물을 글썽이는 눈으로 현성을 바라보며 소리쳤다.

"이건 전부 오빠 때문이야!"

그 말에 현성은 의아한 얼굴로 현아를 돌아봤다.

"뭐? 그게 무슨 소리지?"

"오빠가 그때 그런 짓만 하지 않았어도 이런 일은……."

결국 현아는 차마 말을 끝맺지 못하고 눈가에 눈물을 한줄기 흘렸다.

두 달 전, 현성이 자살을 시도했을 때 집안 사정은 그리 좋지 못했다. 아버지가 채소 장사를 하고 있는 재래시장은 침체기를 맞이하고 있었으며, 대부분 대형 할인 마트 쪽으로 넘어가는 추세였다.

그 상황에서 현성이 자살 미수라는 대형 사고를 터뜨린 것이다. 다행히 생명에는 지장이 없었지만 원인 불명의 혼수상태 때문에 병원에 입원해야 했다.

바로 여기서 문제가 생겼다.

현성을 병원에 입원시켜 놓으려면 돈이 필요했다. 하지만 그런 돈이 있을 리 없었다.

결국 돈을 빌릴 수밖에 없었는데, 그때 아버지가 손댄 것이 하필이면 사채였다.

그 결과, 지금 같은 상황이 되고 만 것이다.

'이렇게까지 상황이 좋지 않았다니……'

현성은 어금니를 깨물었다. 설마 자신이 선택한 자살이 이런 식으로 다시 되돌아오게 될 줄은 생각지도 못했다.

현아에게 지켜주겠다고 약속한 지 며칠 되지도 않았는데 이런 일이 생길 줄이야!

현성은 어머니를 바라보며 굳은 얼굴로 입을 열었다.

"언제 이렇게 된 겁니까?"

"오늘 낮에 가게에 찾아와서 행패를 부리는 걸 네 아빠가 막으려다가 그만……."

어머니는 고개를 돌리며 눈물을 흘렸다.

"신고는 하셨습니까?"

"신고를 어떻게 하니. 나중에 뒷감당을 어찌하려고……."

어머니는 체념한 목소리로 대답했다.

경찰에 신고를 해서 사채업자들을 잡아넣는다고 해도 보석금이나 집행유예 등으로 풀려날 것이다. 최선의 경우 교도소 수감 생활을 시켜도 10년 이내에는 나올 것이며, 그 이전에 사채업자의 동료들에게 보복당할 게 뻔했다.

'내가 직접 나서야겠군.'

현성은 자신이 직접 해결하기로 마음먹었다.

사채업자들에게 있어서 가장 가까운 것은 공권력보다 주먹이었으니까.

"그놈들 사무실은 어디에 있습니까?"

"그걸 알아서 뭐하려고?"

어머니는 걱정스러운 표정을 지었다.

사채업자의 사무실을 안다고 한들 무엇이 바뀌겠는가.

자신들은 그저 꼼짝없이 그들에게 당할 수밖에 없는 입장에 처해 있을 뿐이었다.

"괜찮으니까 알려주세요."

"내가 그걸 어떻게 아니?"

어머니는 고개를 저었다. 사채업자의 사무실이 어디에 있는지 어머니도 모르고 있었다.

'이런······.'

어머니의 대답에 현성은 혀를 찼다.

사채업자의 사무실을 알 수 없으니 찾아갈 수도 없었다.

'이 일을 어쩐다······.'

현성은 잠시 생각에 잠겼다. 그리고 이내 좋은 방법을 떠올렸다.

'사채업자라면 조직 세계와 연관이 있을 터. 용 실장에게 부탁해 보면 되겠군.'

바로 이런 때를 위해서 조직을 필요로 했던 게 아닌가?

현성은 어머니와 현아를 바라보며 말했다.

"그럼 잠시 나갔다 오겠습니다. 늦기 전에 돌아올게요."

"혀, 현성아?"

뜬금없이 밖으로 나갔다 오겠다는 말에 어머니는 놀란 얼굴로 현성을 바라봤다. 그건 현아도 크게 다르지 않았다.

어머니와 현아를 향해 웃음을 지어 보이던 현성의 표정이 등을 돌리는 순간 무섭게 돌변했다. 마치, 이드레시안 차원계에서 마족들과 대치를 하고 있을 때처럼.

병원을 나선 현성은 곧 바로 스마트폰을 꺼내들었다.

"용 사장? 나야."

─예, 형님. 무슨 일이십니까?

스마트폰에서 용수종의 목소리가 들려왔다.

용수종은 자신을 후광파의 보스와 한진건설 사장 자리에 앉혀준 현성을 형님으로 불렀다.

현성은 용수종의 호칭에 개의치 않았다.

그리고 현성 또한 용수종이 사장 자리에 오르자 용 실장이 아니라 용 사장이라고 부르고 있었다.

"다름이 아니라 한 가지 부탁이 있어서."

─무엇이든 말만 하십시오.

"사람을 찾아주었으면 좋겠군."

―누굴 찾으십니까?

"아버지를 건드린 사채업자들이 있다. 그들을 찾아주었으면 해."

―알겠습니다. 아버님의 성함과 생년월일을 알려주십시오.

용수종은 현성의 요구에 싫은 기색 하나 보이지 않고 바로 들어주었다. 그리고 현성은 용수종에게 아버지에 대한 신상 정보를 이야기했다.

―최대한 빠른 시일 내에 알려드리겠습니다.

"기다리지."

그 말을 끝으로 현성은 통화를 끊었다. 남은 건 용수종으로부터 연락이 오는 것을 기다리는 일뿐이었다.

"담배라도 피고 싶은 밤이로군."

현성은 어두운 밤하늘 올려다보며 중얼거렸다.

*　　　*　　　*

라이즈 엔 케넌 대출 사무실.

겉보기에는 그럴듯한 대출 회사처럼 보이지만 실제로는 사채업을 운영하고 있는 사채업자 사무실이었다.

그들은 돈을 빌려줄 때는 쓸개라도 빼줄 것처럼 친절하게 대해주다가, 돈을 빌려간 순간부터는 악마로 돌변한다.

어디 그뿐인가?

계약서에 싸인할 때는 보지 못했던 높은 이율로 폭리를 취해오고 있었다. 이른바 계약서 사기였다.

하지만 돈을 빌린 사람들은 사채업자들이 무서워서 신고도 제대로 못하고 끙끙 앓아야 했다. 그리고 무엇보다 라이즈엔케넨 대출 회사의 뒤에는 조직이 버티고 있었다.

"윤 실장님. 드디어 우리에게도 봄이 오나 봅니다?"

"그러게 말이다."

사무실을 책임지고 있는 30대 초반의 사내인 윤 실장은 가슴이 떨렸다. 조금 전 조직에서 연락이 왔다.

현재 실권을 잡은 용 실장… 아니, 이제는 후광파의 보스가 된 용수종이 자신들을 찾아오겠다고 했으니 말이다.

윤 실장은 얼마 전 자신의 조직이 물갈이 되었다는 사실을 알고 있었다. 하지만 자신이 하는 사채업은 한직에 가까운 일이었기 때문에 직접적인 영향은 받지 않았다.

다만 조금 기대를 하고 있었다는 건 사실이었다.

한때였지만 현재 보스의 자리에 앉아 있는 용수종과 형님, 아우 하던 시절이 있었던 것이다.

그리고 조금 전 용수종으로부터 자신을 찾아오겠다는 연락을 받은 윤 실장은 자신에게 기회가 왔다고 생각했다.

그렇지 않고서야 후광파의 보스가 된 용수종이 직접 자신을 보러 오겠다고 할 리 없었으니까.

그 때문에 윤 실장은 커져가는 기대감으로 마음이 설레었다.

'그래! 이제 나도 조직의 중심에 서는 거야!'

그동안 사채업을 하면서 조직에 얼마나 많은 공헌을 해왔던가?

불과 얼마 전만 해도 시장에서 가게를 내고 장사를 하고 있는 중년 사내를 손봐주고 중환자실로 보내기도 했다.

본래라면 그 정도까지 폭력을 행사하지는 않지만 윤 실장의 목적은 사내의 채소 가게와 전셋집이었기 때문에 일을 하지 못할 만큼 손을 봐주고 경찰에 신고하면 죽여 버리겠다는 으름장을 한바탕 늘어놓고 왔던 것이다.

"자자, 빨리 준비들 해. 보스가 온다는데 요 모양 요 꼴로 맞이할 셈이냐?"

"아닙니다, 형님!"

윤 실장의 말에 사무실에 있던 직원들이 씩 웃으며 소리쳤다. 그들 모두 한 덩치를 자랑하는 후광파의 조직원들이었다.

그들은 드디어 자신에게 기회가 올 거라는 생각에 의욕이 흘러넘쳤다.

사무실에는 윤 실장을 포함해서 총 열 명의 남자밖에 없는 탓에 어지러웠다.

그들은 용 실장… 아니, 이제는 한진건설 회사의 사장이 된 용 사장이 찾아오기 전에 사무실 정리를 시작했다.

그날 오후.

라이즈 엔 케넨 대출 사무실에 용 사장이 모습을 드러냈다. 용 사장의 등 뒤에는 수행원으로 보이는 인물 네 명과 현성이 함께 있었다.

"오셨습니까, 형님."

용 사장이 모습을 드러내자 윤 실장이 허리를 90도로 숙이며 말했다. 그 뒤를 이어 사무실에 있던 조직원들도 이구동성으로 윤 실장의 말을 따라서 소리쳤다.

"형님이 뭐냐? 이제 사장으로 불러라."

"예! 사장님!"

윤 실장은 용 사장의 말에 고개를 숙이며 즉시 호칭을 바꿨다.

그런 윤 실장에게 용수종은 웃으며 말했다.

"그래, 요즘 일은 어떤가?"

"잘 풀리고 있습니다. 돈을 필요로 하는 사람들은 여전히 많이 있으니까요."

"그렇군. 안 그래도 영업 성적을 확인해 봤는데 아주 좋더군. 만족스러워."

"감사합니다. 전부 사장님 덕분이지요!"

용 사장의 말에 윤 실장은 입 꼬리가 귀에 걸릴 지경이었다.

드디어 자신에게 기회가 왔다고 확신을 한 것이다.

"그래서 말이야. 이번에 자네들에게 보상을 하나 해줄까 생각 중이네."

'보, 보상!'

윤 실장은 침을 꼴깍 삼켰다. 그런 윤 실장에게 용수종은 씩 웃어 보이더니 돌연 주먹을 휘둘렀다.

퍼억!

"아이쿠!"

용수종의 주먹에 뺨을 맞은 윤 실장은 비명과 함께 나가떨어졌다. 그와 동시에 용수종의 뒤에 서 있던 인물 네 명이 사채업자들을 향해 달려들었다.

"뭐, 뭐야?"

"이게 무슨……?"

갑작스러운 일에 당황하고 있던 사채업자 조직원들은 용수종의 수행원들에게 기습을 당했다.

사채업자 조직원도 주먹을 꽤나 쓰는 자들이었지만, 용수종이 이번에 데리고 온 수행원 네 명은 무술을 연마한 격투가들이었다.

거기다 불시에 기습을 받았기 때문에 사채업자 조직원들은 비록 수는 많았지만 별다른 손을 써보지도 못하고 제압당했다.

"사, 사장님! 갑자기 왜 이러시는 겁니까?"

사무실 바닥에 쓰러진 윤 실장은 놀란 눈으로 용수종을 바라봤다. 자신들이 왜 공격을 받았는지 이해할 수 없는 표정이었다.

"그건 너희가 내 아버지를 건드렸기 때문이지."

그때 용수종의 뒤에서 팔짱을 끼고 상황을 지켜보고 있던 현성이 앞으로 나서며 말했다.

그 말에 윤 실장은 어처구니없는 표정으로 현성을 올려보다가 용수종을 바라봤다.

"사장님. 저 버릇없는 꼬마는 뭡니까?"

조금 전부터 용수종의 등 뒤에 서 있던 소년이 신경 쓰이긴 했지만, 최소 나이가 열 살은 많은 자신에게 다짜고짜 반말이라니. 윤 실장은 지금 상황이 어떻게 돌아가고 있는 것인지 알 수가 없었다.

"입조심해라. 이분은 내가 모시는 형님이시다."

"……!"

용수종의 말에 윤 실장은 눈을 부릅떴다.

용수종이 누구인가?

무에타이 실력으로 뒷세계에서 알아주는 강자였다.

거기다 최근에는 후광파 조직의 보스 자리와, 한진건설 회사의 사장 자리에 앉아 있는 인물이었다.

그런 그가 눈앞에 있는 아직 머리에 피도 안 마른 소년을 형님으로 모시고 있다니!

"노, 농담도 잘 하십……."

콱!

쩌저적!

"허억!"

윤 실장은 화들짝 놀라며 뒤로 물러섰다.

현성이 사무실 중앙에 놓여 있는 나무 테이블을 주먹으로 내려치자 금이 쩍 가면서 두 조각이 난 것이다.

"마, 말도 안 돼……."

그 모습을 윤 실장을 비롯한 사무실 직원들은 믿기지 않는 눈으로 바라봤다.

하지만 용수종과 그의 수행원들은 담담했다.

조직을 장악하면서 현성이 가진 무위를 종종 보아왔기 때문이다.

"네놈이 내 아버지를 건드린 사채업자란 말이지?"

"아, 아버지라니……?"

"김, 현 자, 준 자."

"김현준?"

윤 실장의 머리가 빠르게 회전했다. 어디서 많이 들어본 이름이었다.

'김현준이라면 설마……!'

윤 실장은 고개를 번쩍 치켜들며 현성을 바라봤다.

김현준이라면 불과 며칠 전에 자신들이 중환자실로 보내 버린 인물이지 않은가?

그런데 그 사내가 눈앞에 있는 소년의 아버지라니?

"이제 기억이 났나 보군."

현성은 싸늘한 목소리로 말했다. 그러자 윤 실장은 등줄기로 소름이 돋는 것을 느꼈다.

눈앞에 있는 소년은 나무로 된 원목 테이블을 맨손으로 두 조각낸 괴물이었다. 그리고 자신들은 괴물 같은 소년의 아버지를 구타하고 중환자실로 보내 버렸다.

눈치가 빠른 윤 실장은 사색이 된 얼굴로 소리쳤다.

"자, 잘못했습니다! 살려주십시오!"

"이미 늦었다. 내 가족을 건드린 네놈들을 순순히 용서할 수 없지."

"그, 그런⋯⋯."

현성의 싸늘한 말에 윤 실장은 절망한 표정을 지었다.

하지만 이내 어금니를 깨물며 독한 마음을 품었다.

"시발! 이렇게 죽으나 저렇게 죽으나 어디 한판 뒤집고 죽어보자!"

윤 실장은 품에서 나이프를 꺼내들더니 현성을 향해 달려들었다.

"헛! 형님!"

갑작스러운 윤 실장의 행동에 용수종이 놀란 얼굴로 소리쳤다. 하지만 현성은 여유로운 표정이었다.

'어리석은⋯⋯.'

현성은 윤 실장이 앞세운 나이프를 옆으로 피하며 손을 앞으로 내밀었다.

'쇼크 웨이브.'

"크헉!"

투웅! 콰앙!

윤 실장은 둔탁한 소리와 함께 비명을 지르며 튕겨져 나갔다. 현성의 손에서 발생한 충격파가 윤 실장을 뒤로 밀어내 버린 것이다. 주변에서 보면 마치 현성의 장타에 윤 실장이 나가떨어진 것처럼 보였다. 그리고 사무실 벽에 처박힌 윤 실장은 그대로 기절을 한 모양인지 미동도 하지 않았다.

윤 실장보다 작은 몸집에서 어떻게 저런 믿을 수 없는 힘이 나온 것일까?

사채업자 조직원들은 경악한 눈으로 현성을 바라봤다.

"용 사장. 이놈들은 어떻게 하면 좋을까?"

별일 없다는 표정으로 윤 실장을 제압한 현성은 자신을 놀란 눈으로 바라보고 있는 사채업자 조직원들을 바라보며 말했다.

"글쎄요……."

현성의 말에 용수종은 잠시 생각에 잠겼다. 그리고 이내 씩 웃는 미소로 입을 열었다.

"꽃게잡이 어선이라도 보내 버리죠."

"그게 좋겠지?"

용 사장의 말에 현성 또한 마주 웃어 보였다.

그렇게 현성의 가족들을 괴롭혀 왔던 사채업자들은 전원 꽃게잡이 어선행으로 결정되었다.

.

제 10 장
제여동생들의 마음

아버지가 입원해 있는 1인실 문 앞.

학교 수업을 마친 현성은 아버지를 보기 위해 병문안을 왔다. 그리고 6인 병실에 입원해 있던 아버지는 개인실로 병실을 옮겼다. 중요한 치료는 다 끝냈으며 의식만 돌아오면 되었기 때문이다.

1인실에 들어간 현성은 침대에 누워 있는 아버지를 물끄러미 내려다봤다.

"아버지……."

현성이 용수종을 앞세우고 사채업자 사무실을 뒤집어 엎은 지도 벌써 수 일이 지났다.

현성은 그동안 가족들을 괴롭혀 온 사채업자들과 장부를 처리했다. 이로써 아버지가 지고 있던 빚은 전부 사라지게 된 것이다. 또한, 이번 일로 용수종과 현성은 불법 사업을 축소시키기로 결정을 내렸다.

그 때문에 당분간은 자금난에 허덕이게 되겠지만, 그 정도로 무너질 만큼 후광파 조직과 한진건설은 약하지 않았다.

"힐링."

잠시 아버지를 내려다보던 현성은 3클래스 치유 마법을 시전했다. 아버지가 병실에 입원했을 때부터 해오던 일이었다.

"이제 깨어나실 때가 되었을 터인데……."

현성은 걱정스러운 눈으로 아버지를 바라봤다.

사채업자들의 사무실을 뒤엎은 덕분에 지금까지 아버지를 괴롭혀 오던 사채 빚은 전부 사라졌다.

거기다 사채업자 전부를 꽃게잡이 어선으로 보냈기 때문에 두 번 다시 아버지 앞에 나타나지 않을 것이다.

남은 건, 이 기쁜 소식을 전하는 것뿐.

하지만 병원의 의료 기술과 현성의 치유 마법으로 이미 정신을 차렸어야 할 아버지는 깨어나지 못하고 있었다.

"이제 그만 일어나세요, 아버지. 가족들을 다시 봐야 하지 않습니까."

현성은 걱정이 가득한 눈으로 아버지를 바라보며 씁쓸한 듯 중얼거렸다.

"으, 음……."

그때 깨어날 기미가 없어 보이지 않던 아버지의 얼굴에서 변화가 생겼다.

"아버지?"

현성은 놀란 얼굴로 아버지를 불렀다.

그러자 아버지가 조용히 눈을 뜨는 게 아닌가?

"혀, 현성이냐?"

잠에서 금방 깨어난 얼굴로 아버지는 현성을 바라보며 중얼거렸다.

"아버지!"

현성은 아버지의 손을 꽉 잡아주며 기쁜 표정을 지었다.

"이제 아무 걱정하지 마세요. 제가 지켜 드릴게요."

"허허. 녀석……."

자신감이 넘치는 아들의 말에 아버지는 입가에 기분 좋은 미소를 지어 보였다.

*   *   *

아버지가 깨어난 다음날.

현성은 학교에 나갔다. 교실에 들어가니 진성을 비롯한 반 아이들이 인사를 해왔다.

"현성아, 안녕."

"그래."

현성은 자신에게 인사를 건네는 아이들에게 고개를 끄덕이며 대답을 하고선 자기 자리에 가서 앉았다.

최근 교실의 분위기가 밝아졌다.

반 아이들을 못 살게 굴던 한진상이 없어졌기 때문이다.

그리고 항상 귀찮게 시비를 걸어오던 한진상이 사라진 덕분에 현성은 평화로운 학교생활을 보낼 수 있을 거라 생각했다.

하지만…….

'이제 그 녀석만 조용히 있으면 되거늘…….'

현성은 살짝 한숨을 내셨다.

생각지도 못한 변수가 편안한 학교생활을 위협하고 있었다. 한진상과는 다른 의미로 자신을 귀찮게 만드는 인물이 생겨났던 것이다.

"현성아!"

그때 교실 문을 열고 현성을 큰 소리로 부르며 들어오는 사람이 있었다.

"왔군."

자신을 부르는 목소리에 현성은 손을 이마에 가져다 대며 골치 아픈 표정을 지었다.

현성을 부르며 교실 안에 들어온 인물.

그는 다름 아닌 남호걸이었다. 남호걸은 현성이 여동생을 치료한 이후 현성을 만나기 위해 뻔질나게 교실에 찾아왔다.

"아직 아침 안 먹었지? 내가 빵이랑 우유 사왔어."

또한 항상 빈손으로 오는 법이 없었다. 현성을 만날 때면 항상 먹을거리를 헌납했던 것이다.

그 덕분에 현성이 조폭들 수십 명과 결투를 해서 쓰러뜨렸다는 근거 없는 소문에 힘이 실리고 있었다.

"오늘은 또 무슨 일입니까?"

현성은 남호걸에게 존댓말을 썼다. 남호걸과는 첫 만남이 좋지 않았고, 현성의 입장에서는 아직 머리에 피도 안 마른 애송이라는 생각에 반말을 써왔다.

하지만 학교에서는 학년 차이와 주변에서 보는 시선 때문에 존대를 써주고 있었다. 만약 선생님 귀에 현성이 선배를 무시하고 있다는 이야기가 흘러들어 가면 골치 아파지기 때문이다.

그에 반해 남호걸은 현성이 존대를 하자 오히려 서운해 하는 기색을 보였다.

"잘 알면서."

남호걸은 씩 웃으며 말했다. 최근 남호걸은 현성에게 한 가지 부탁을 끊임없이 하고 있었다. 바로 자신의 여동생인 남효연과 만나달라는 부탁이었다.

"저 바쁩니다."

"고등학생이 바쁘긴 뭐가 바빠."

"집안에 일이 있습니다. 그리고 공부도 해야죠."

"그러지 말고 우리 효연이 좀 만나줘라. 걔가 너 보고 싶데."

"시간 없습니다."

현성은 남호걸의 말을 딱 잘라 거절했다.

이런 식으로 현성과 남호걸은 최근 며칠간 교실에서 실랑이를 벌이고 있었다.

그나마 얼마 전 후광파의 일이 마무리 되고, 병원에 입원해 계시던 아버지가 정신을 차린 덕분에 시간이 나긴 했다.

하지만 그렇다고 남효연을 만나러 갈 생각은 없었다.

그런 현성에게 남호걸은 비장의 무기를 꺼냈다.

"좋아. 네가 그렇게 나온다면 이걸 받아라."

"뭡니까?"

"보면 알 거야."

남호걸은 현성에게 건네준 빵이랑 우유가 들어 있던 검은색 봉지 안에서 한 가지 물건을 더 꺼냈다.

그것은 예쁜 보자기로 포장된 도시락이었다.

"이걸 왜 나에게?"

"내 여동생이 싸준 거야. 뇌종양을 치료해 준 감사 인사 대신이라더라."

"받을 수 없습니다."

"그냥 받아둬라. 안 그러면 내가 여동생한테 무슨 소릴 들을지 몰라."

거부하는 현성의 말에 남호걸은 강제적으로 도시락을 떠 넘겼다. 당연히 현성은 남호걸에게서 받은 도시락을 다시 돌려주려고 했다.

하지만 그때,

딩동댕동!

수업 시작을 알리는 종소리가 울려 퍼졌다.

"그럼 난 간다. 언제라도 좋으니 내 부탁 잊지 말고 여동생 좀 만나러 와줘라."

수업 종소리가 울려 퍼지자마자 남호걸은 물 만난 물고기처럼 재빠르게 교실 밖으로 빠져나갔다. 그 때문에 현성은 도시락을 돌려줄 타이밍을 놓치고 말았다.

"별수 없군."

결국 남호걸의 노력을 가상히 여긴 현성은 도시락을 받기로 했다.

점심시간.

"......."

밥을 먹기 위해 남효연이 직접 만들었다는 도시락을 열어본 현성은 할 말을 잃었다.

"콩밥이네."

"콩밥이야?"

현성의 주변에는 자살을 시도하기 전과는 달리 점심 시간에 함께 밥을 먹기 위해 온 아이가 몇몇 있었으며, 그중에 이진성도 끼어 있었다.

녀석들은 현성의 도시락을 놀란 눈으로 바라봤다.

'이게 뭐지? 콩밥 먹고 떨어지라는 건가?'

도시락의 내용물이 뜻밖이라 살짝 놀란 현성이었지만, 이내 남호걸 집안이 그리 좋지 못했다는 사실을 떠올렸다.

그래도 남효연이 직접 만들었다고 하니 맛이라도 봐야 하지 않겠는가?

도시락 안에는 콩과 밥 그리고 김치밖에 없었지만, 콩 종류가 제법 되었다. 검은콩이나 흰콩, 갈색콩 등등이 다양하게 있었던 것이다.

그중에 현성은 검은콩 하나를 젓가락으로 집어 먹었다.

"맛있네?"

"맛있어?!"

현성의 감탄에 주변 아이들이 놀란 목소리로 되물으며 소리쳤다.

"나 콩 한 개만!"

그때 이진성이 용감하게 현성의 도시락에서 콩 하나를 집어 먹었다.

그 순간 현성이 이진성을 바라보며 말했다.

"맛있지?"

"……!"

이진성은 볼 수 있었다. 현성이 쥐고 있는 젓가락이 부들부들 떨리고 있는 것을.

"두, 두 명이 먹다가 세 명이 죽어도 모를 맛이야!"

"그렇지?"

이진성의 대답에 현성은 만족스러운 미소를 지어 보였다.

그리고 얼마 전 인터넷에서 본 게임 패러디 유머글 하나를 떠올렸다.

"그럼 이 콩들을 줄 테니 순순히 너의 고기를 넘기면 유혈 사태는 일어나지 않을 것이다."

"헐, 마하트마 현성님. 제발 자비를……."

진성의 너스레에 현성을 비롯한 주변 아이들은 웃음을 터뜨렸다. 그렇게 반 아이들은 한진성이 있던 때와는 한결 밝아진 얼굴로 학교생활을 즐겼다.

*   *   *

방과 후.

집으로 향하고 있는 남호걸은 기분이 좋았다.

남효연에게 부탁받은 도시락을 무사히 현성에게 넘겼기 때문이다. 마치 무거운 큰 짐을 내려놓은 듯한 기분이었다.

'무슨 일이 있어도 현성이에게 붙어 있어야 한다.'

한진상이 전학을 갔다고 학교에 알려지기 전날, 남호걸은 현성으로부터 이제 빚 걱정은 하지 않아도 된다는 한마디를 들을 수 있었다.

그 말을 처음 들었을 때는 건성으로 들었다.

말도 안 되는 소리라고 생각했기 때문이다.

하지만 다음 날, 한진상이 갑자기 다른 학교로 전학을 갔다는 소식을 들었을 때는 자신의 귀를 의심했다.

그것도 한진상의 아버지가 일 때문에 전학을 갔다고 하는 게 아닌가?

남호걸의 상식에서는 절대 있을 수 없는 일이었다.

한진철은 인천 토박이 출신으로 한진건설 회사를 키워냈다.

그런 그가 서울로 조직이나 사업을 진출시키는 게 아닌 이상 다른 곳으로 갈 리 없었던 것이다.

'분명 현성이 무언가 했을 테지.'

그뿐만이 아니다. 그동안 빚 독촉을 막아주던 한진상이 전학을 간 지도 벌써 일주일이 넘었지만, 빚을 갚으라고 찾아오는 사람이 없었다.

그제야 현성의 말이 사실임을 깨달은 남호걸은 차마 후광파 조직과 무슨 일이 있었는지 물어보지 못했다. 다만 고맙다는 말만큼은 확실히 전했다.

'어쨌든 현성이 효연이랑 만나주었으면 좋겠는데 말이야.'

남호걸은 입맛을 다셨다.

무슨 방법인지는 모르지만 현성은 자신들이 지고 있는 빚을 해결해 줬다.

어디 그뿐인가?

뇌종양으로 죽어가는 자신의 여동생을 구해주기까지 했다.

남호걸로서는 현성을 꽉 잡아두고 싶었다.

하지만 오늘도 결국 현성은 자신의 여동생과 만나주지 않았다.

"뭐, 도시락을 전해주었으니 조만간 보러 와주겠지."

오늘 남효연이 싸준 도시락은 대박이었다. 평소보다 정성스럽게 싸놓은 고급 반찬이 수두룩했던 것이다.

"내 반찬이 이 정도면 현성한테는 대체 얼마나 공을 들였을까?"

남호걸은 피식 웃음을 흘렸다. 그리고 왠지 모르게 섭섭한 기분을 느꼈다. 하지만 상대가 현성이라는 생각에 애써 그런 기분을 떨쳐냈다.

어찌되었든 눈에 넣어도 아프지 않는 여동생의 부탁을 들어주었다는 사실이 중요했다. 남호걸은 그 사실을 위안으로 삼으며 집을 향해 발걸음을 빠르게 옮겼다.

하지만 그때까지 남호걸은 자신의 도시락과 현성의 도시락이 서로 바뀌었다는 사실을 깨닫지 못하고 있었다.

그에 따라올 불이익까지도.

"오라버니."

"으, 응⋯⋯."

남호걸은 주눅이 든 기색으로 눈앞에 있는 귀여운 여동생을 바라봤다. 평소 오빠라고 부르던 여동생이 지금은 오라버니라고 부르고 있었다.

기분이 좋지 않을 때 남호걸을 부르는 호칭이었다.

"어떻게 도시락을 착각할 수가 있어! 내가 얼마나 공을 들여서 만든 건데! 그걸 오빠가 먹어?"

"미안."

입이 열 개라도 할 말이 없는 남호걸은 즉시 사과했다.

집에 도착한 남호걸은 제일 먼저 도시락을 건네주었다고 남효연에게 전했다.

이에 남효연은 어떤 도시락을 주었는지 확인을 했는데 여기서 문제가 생겼다.

남호걸의 도시락과 현성의 도시락이 뒤바뀌었던 것이다.

"아, 어떡하지. 현성 오빠가 싫어하지 않았으면 좋겠는데⋯⋯."

남효연은 안절부절 못했다.

새벽부터 일어나서 도시락을 만들었지만 시간이 모자랐다.

그래서 어쩔 수 없이 현성에게 줄 도시락에 온갖 신경을 다 쏟았던 것이다. 당연히 남호걸에게 줄 도시락은 대충 만들 수밖에 없었던 남효연은 평소 자신의 오빠가 콩을 좋아한다는 사실을 떠올렸다.

그래서 어젯밤에 먹다 남은 콩들을 대충 섞어서 도시락을 만들었다.

물론 대충 만들었기 때문에 맛이 날 리는 없었지만 콩을 좋아하는 남호걸이라면 좋다고 하면서 먹을 거라 생각했다.

그런데 그걸 현성에게 주었다니!

남효연은 사색이 된 남호걸을 도끼눈으로 노려봤다.

"저기 거실 구석에 가서 무릎 꿇고 손들고 있어. 엄마 아빠 올 때까지 손 내리면 오늘 저녁 안 줄 거야!"

"헐. 사, 사랑하는 동생아 한번만 용서해 주렴!"

"싫어."

남효연은 무표정한 얼굴로 고개를 도리도리 흔들었다.

그러자 남호걸은 비장한 표정을 지었다.

남자 체면이 있지 어떻게 여동생의 말을 곧이곧대로, 그것도 무릎 꿇고 손을 드는 꼴사나운 모습을 보인단 말인가?

"이러고 있으면 되니?"

하지만 남호걸은 여동생 팔불출이었다.

여동생의 말이라면 죽는 시늉도 할 수 있었다. 거기다 잘못은 자기가 먼저 했다는 사실에 남호걸은 남효연의 말을 순순히 따랐다.

"……."

남효연은 샐쭉한 눈으로 남호걸이 거실 구석에 가서 무릎 꿇고 손을 드는 모습을 바라봤다.

"푸흣."

그리고 그 모습을 보더니 웃음을 터뜨렸다.

남호걸이 벌을 서고 있는 모습이 우스웠던 것이다. 남효연은 배시시 웃으며 남호걸에게 다가갔다.

"농담이었어, 오빠. 헤헤."

남효연은 남호걸의 팔을 내리며 팔짱을 끼며 말했다.

그런 여동생의 모습이 귀여운 남호걸은 남효연의 머리를 쓰다듬어주었다.

"이제 아무 걱정하지 마라. 빚 독촉하는 사람들도 없고, 고등학교만 졸업하면 오빠가 돈 많이 벌어올 테니까."

그 말에 남효연은 조용히 남호걸의 어깨에 머리를 기댔다.

불과 얼마 전까지 해도 뇌종양 때문에 죽음을 각오하고 있었던 남효연은 지금 이렇게 집에서 남호걸과 있다는 사실이 꿈만 같았다.

그리고 이제 집안에 빚이 없다는 사실이 너무나 기뻤다. 이 모든 게 현성 덕분이라는 사실을 남효연은 남호걸로부터 들어서 알고 있었다.

"현성 오빠가 날 만나줄까?"

"조금만 기다려. 오빠가 꼭 만나게 해줄게."

"응."

남호걸의 말에 남효연은 밝은 미소로 고개를 끄덕였다.

*　　　*　　　*

"……."

현성은 자신의 방 안에서 상쾌한 기분으로 눈을 떴다. 오늘은 일요일이었기 때문에 오랜만에 마나 수련을 한 것이다.

"현대에서 이토록 마법진의 힘이 도움이 될 줄은 몰랐군."

3서클을 마스터한 현재, 현성은 이제 수목원에 가지 않고 집에서 종종 마나 수련을 하고 있었다.

현성은 자신의 목적을 잊지 않았다.

이드레시안 차원계에서 이루지 못한 9클래스 마스터.

그것을 이번 생이 끝나기 전에 이룰 생각이었다.

"앞으로 꾸준히 수련을 해야겠어."

그동안 학교에 다니며 이런저런 일이 생긴 탓에 제대로 수련을 하지 못했다.

이드레시안 차원계에서 8클래스를 마스터한 자신이 지금은 고작 3클래스 마스터 마법사밖에 되지 않는 생각에 현성은 쓴웃음이 절로 나왔다.

한사리도 빨리 마나 수련을 통해서 서클을 올려야 했다.

"슬슬 밥이나 먹으러 가봐야겠군."

지금은 정오 시간.

오전 시간을 전부 수련에 투자한 현성은 시장기를 느끼고
방을 나섰다. 부엌에 가서 점심을 챙겨 먹을 요량이었다.

'......?'

그때 현성의 코로 식욕을 자극하는 냄새가 스며들어 왔다.

맛있는 요리의 냄새에 이끌려 현성이 도착한 곳은 거실이
었다. 거실 식탁에서 현아가 밥을 먹고 있었던 것이다.

"뭐야? 혼자 밥 먹고 있어? 엄마는?"

"병원."

현아는 거실에 있는 텔레비전을 보면서 심드렁한 목소리
로 대꾸했다.

"그러고 보니 아침에 아버지를 보러 병원에 간다고 했었
지."

현아의 말에 현성은 고개를 끄덕이며 아침에 있었던 일을
떠올렸다.

아버지가 정신을 차린 지 어느덧 이틀이 지났다.

현재 아버지는 요양을 위해 병원에 입원 중이었으며, 1인
실에서 6인실로 옮겼다.

어머니는 아버지의 병실에 출퇴근을 하며 병간호를 하고

있었다. 아마 오늘도 저녁이 되어서야 돌아올 것이다.

"그런데 오빠. 대체 무슨 마법을 부린 거야?"

그때 갑자기 현아가 현성을 올려다보더니 불쑥 질문을 던졌다. 그 말에 현성은 시치미를 뚝 뗀 표정으로 되물었다.

"마법이라니?"

"우리 괴롭히던 사채업자들이 그 이후로 찾아온 적이 없잖아? 오빠가 뭔가 한 거 아니야?"

현아는 의심스러운 눈으로 현성을 바라봤다.

자신의 오빠가 사채업자들의 사무실이 있는 위치를 묻고 나갔다 온 적이 있었다. 그 후 약 보름이 흐른 지금까지 사채업자들이 찾아오기는커녕 연락 한 번 없었다.

아버지를 중환자실로 입원시킨 적이 있는 사채업자의 집요함을 생각하면 있을 수 없는 일이었다.

"내가 사채업자 사정까지 알 수 없지."

"흐응. 모른다 이거지?"

현아는 현성을 물끄러미 바라봤다. 사채업자와 현성 사이에 무언가 연관이 있다고 생각하고 있었다.

현아는 현성의 얼굴을 살피며 입을 열었다.

"그러고 보니 요즘 오빠 뭔가 변한 것 같다?"

"뭐가?"

"뭔가 묘하게 어른스러워졌다고 해야 하나…… 말투도 좀 변한 것 같고…… 예전에는 지지리도 궁상맞았는데 말이지."

"기분 탓이겠지."

현아의 말에 현성은 대수롭지 않은 얼굴로 대답했다.

그리고 자신의 귀여운 여동생인 현아를 물끄러미 바라봤다. 현아는 현성이 좋아하는 참치 김치 볶음밥을 게 눈 감추듯 싹싹 비우며 다 먹어가고 있는 중이었다.

그것을 바라본 현성은 살짝 아쉬운 표정을 지었다.

"그보다 너무한 거 아니냐? 내가 참치 김치 볶음밥을 좋아하는 걸 알면서도 혼자서 다 먹다니."

"억울하면 직접 해서 먹으시든가요."

"하나밖에 없는 여동생이 이렇게 비협조적이라니. 라면이나 끓여 먹어야겠군."

현성은 고개를 흔들며 부엌으로 발걸음을 옮겼다.

"잠깐."

그때 갑자기 현아가 현성을 불러 세웠다. 현성은 의아한 얼굴로 현아를 돌아봤다.

그러자 현아는 말없이 자리에서 일어나더니 현성보다 먼저 부엌에 들어갔다.

잠시 후, 현아는 참치 김치 볶음밥 한 그릇을 들고 나왔다.

"뭐야, 내거도 만들어놓은 건가? 그럼 진작 말을 하지."

"벼, 별로 오빠를 위해서 만든 게 아니니까! 단지 만들다가 남은 것뿐이야!"

현성의 말에 얼굴을 살짝 붉힌 현아는 참치 김치 볶음밥이
든 그릇을 앞으로 내밀며 소리쳤다.

"어쨌든 잘 먹으마."

현성은 피식 웃으며 참치 김치 볶음밥 그릇을 받아들었다.

그리고 현아의 머리를 쓰다듬어 주었다.

"무, 무슨 짓을 하는 거야!"

"기특한 내 여동생이 귀여워 보여서 그런다."

"바, 바보 같은 소리를!"

현아는 애써 평정을 유지한 얼굴로 한마디 한 후, 자신의
방으로 황급히 발걸음을 옮겼다.

현성을 뒤로하고 방으로 뛰어가는 현아의 얼굴은 붉게 달
아올라 있었다.

현성은 부엌에서 현아가 사라지자 혀를 차며 중얼거렸다.

"쯧. 겨우 머리 쓰다듬어 준 것 정도로 호들갑이라니."

그렇게 말한 현성은 조금 전까지 현아가 있던 거실 테이블
을 바라봤다. 그곳에는 현아가 남긴 그릇들이 있었다.

"뒷정리는 자기 손으로 하고 갈 것이지."

현성은 고개를 절레절레 흔들었다.

"……."

자신의 방으로 돌아온 현아는 방문에 등을 기댔다.

두근두근.

현아의 가슴은 세차게 뛰고 있었다.

조금 전 현성이 머리를 쓰다듬어 주는 순간 자기도 모르게 얼굴이 붉어지며 가슴이 뛰기 시작한 것이다.

그 때문에 현아는 황급히 자신의 방으로 뛰어올 수밖에 없었다.

"하아……."

현아는 뜨거운 한숨을 내쉤다.

어째서 자신의 가슴은 이렇게 뛰고 있는 것일까?

현아로서는 도무지 이해할 수 없는 반응이었다.

제 11 장
세계 미스터리 유물전

"······!"

여느 날과 마찬가지로 학교를 마치고 집으로 돌아가던 현성은 놀란 표정을 지었다. 평소에 느껴보지 못했던 이상한 기운을 감지한 것이다.

'마나 디텍팅!'

현성은 보다 정확한 위치를 파악하기 위해 1클래스 마나 탐지 마법을 시전했다. 마나는 현대에서 기(氣)와도 같은 에너지였다. 그 때문에 현성은 마나 탐지 마법으로 이상한 기운의 위치를 찾아낼 수 있을 것이라고 생각했다.

"찾았군."

현성의 예상은 틀리지 않았다.

불과 얼마 떨어지지 않은 곳에서 묘한 기운을 발산하고 있는 장소를 찾아낸 것이다. 현성은 마나 디텍팅으로 찾아낸 장소로 향해 발걸음을 옮겼다.

"이곳인가?"

얼마 지나지 않아 현성은 목적지에 도착했다. 그리고 이내 살짝 미간을 찌푸리며 중얼거렸다.

"이건……."

현성이 도착한 장소는 뜻밖에도 광고지가 잔뜩 붙어 있는 담벼락 중 하나였다. 그곳에 붙어 있는 수많은 광고지들 중에서 유독 현성을 눈길을 끄는 전단지가 하나 있었다.

"신기하군. 이 전단지 하나에만 제법 강한 기운이 느껴져."

현성은 가늘게 뜬 눈으로 전단지를 노려봤다.

마나가 미약한 현대에서 기운을 내뿜고 있는 전단지라니!

무슨 이유가 있음이 분명했다. 전단지를 자세히 살펴보기 위해 현성은 담벼락에서 뜯어내려고 했다.

하지만 현성의 손길이 닿는 순간 전단지에서 느껴지던 기운이 사방으로 흩어지면서 사라져 버렸다.

"이런!"

쫘악!

뒤늦게 전단지를 뜯어내서 살펴봤지만 이미 일반 종이와 다를 바 없는 상태가 되어 있었다.

"사람의 손길이 닿으면 기운이 사라지도록 조치가 취해져 있는 것인가? 재미있군."

현성은 흥미로운 눈으로 전단지를 바라봤다.

비록 마나 포인트보다 못 미치는 기운이었지만, 마나가 미약한 현대에서 조금 전과 같은 기운은 처음이었기 때문이다.

하지만 전단지의 비밀을 풀지 못했기 때문에 현성은 아쉬운 표정을 지었다. 그리고 전단지에 광고되어 있는 내용으로 눈길을 돌렸다.

"미스터리 유물 전시전이라……."

현대 과학으로도 설명할 수 없는 고대의 유물들.

대충 훑어본 전단지에는 오파츠라고 불리는 세계의 미스터리 유물 전시를 신도림 테크노마트에서 한다는 내용이 적혀 있었다.

"주말에 한번 찾아가봐야겠군."

이상한 기운이 느껴졌던 전단지와 세계의 미스터리 고대 유물, 오파츠!

현성은 전단지에 광고되어 있는 미스터리 고대 유물에 흥미가 동했다.

*　　　*　　　*

시간은 유수와 같이 흘러갔다.

어느덧 주말이 다가온 현성은 집을 나섰다.

며칠 전 전단지에서 광고한 세계 미스터리 유물 전시관에 가기 위해서였다.

"어떤 곳인지 기대되는군."

고대 유물이라는 말에 현성은 기대감이 컸다.

이드레시안 차원계에서도 고대 마도 문명이 남긴 유적지를 탐사하다가 운 좋게 아티팩트를 발견하거나 했던 것이다.

고대 마도 문명이 남긴 아티팩트는 이루 말할 수 없는 가치를 지니고 있었다.

현대에서 발견된 고대 유물에게 그만한 가치가 있을지 없을지는 아직 알 수 없었지만, 현대 과학으로 풀 수 없다고 하니 기대가 되지 않을 수 없었다.

거기다 이상한 기운이 느껴졌던 전단지에 대한 비밀도 풀 생각이었다.

"그럼 가볼까."

인천에서 신도림역까지 지하철을 타면 약 30분에서 40분가량 걸린다. 현성은 집 근처에 있는 지하철역으로 천천히 발걸음을 옮겼다.

"제법 많군."

지하철 신도림역에 도착한 현성은 곧장 유물들을 전시중인 테크노마트로 향했다.

그곳에는 이미 적지 않은 수의 사람이 유물전을 구경하기 위해 몰려와 있었으며, 입구에서 가이드들이 관람객들을 이끌고 있었다.

"여러분 이쪽은 생명에 대한 미스터리 유물들이 전시되어 있습니다. 이쪽으로 오실 분은 절 따라와 주세요."

세계 미스터리 유물 전시관에 전시된 유물들은 총 여섯 가지 파트로 나뉘어져 있었으며, 각각 과학, 생명, 역사, 기록, 신화, 크롭서클 등이었다.

각 분류에 따라 전시된 미스터리 유물들을 가이드들이 붙어서 설명을 해주고 있었다.

현성은 가이드를 따라 이동하는 관람객들의 행렬 뒤를 따라 움직이며 전시관 내부를 구경하기 시작했다.

"여러분, 이쪽을 봐주세요. 이것은 고대 이집트의 전구입니다."

여성 안내 가이드의 말에 관람객들은 이집트 전구가 전시되어 있는 쪽으로 시선을 옮겼다. 그 뒤를 이어 가이드의 설명이 이어졌다.

"이 전구는 이집트 덴데라 신전의 고대 벽화에 그려진 전등을 보고 만든 복제품입니다. 이 전구에 380볼트의 전기를 흘려주면 진공 상태가 되면서 평생 쓸 수 있지요."

가이드의 말에 여기저기서 탄성이 터져 나왔다.

고대 이집트에 전구가 있다는 사실도 놀라운데 평생 쓸 수 있다니 정말 놀라운 일이 아닌가?

게다가 눈앞에 있는 전구를 인정하게 된다면 전기의 존재도 인정할 수밖에 없었다.

고대 이집트 문명에 전기가 존재했다는 사실을 어떻게 받아들여야 할까?

그야 말로 눈앞에 있는 이집트 전구는 현대 과학으로 설명할 수 없는 오파츠라고 할 수 있었다.

하지만 아쉽게도 발견된 것은 벽화 그림일 뿐, 실제 전구는 찾지 못했다고 했다.

만약 이집트 전구가 실존하게 된다면 에디슨이 전구를 발견했다는 역사적 사실을 고쳐 써야 할지도 몰랐다.

다음으로 이동한 곳에는 처음 보는 생명체의 뼈가 전시되어 있는 장소였다.

"여러분, 이것은 랄프라고 부르고 있는 수수께끼의 동물 뼈입니다. 약 23년 전에 발견되었으며 미국의 14개 대학과 연구소에서 조사 및 DNA 분석 결과 지구상에 존재하는 그 어떤 종류의 생명체와도 일치하지 않는다는 사실을 밝혀냈습니다."

가이드의 설명에 놀랄 수밖에 없었다.

지구상에 존재하는 그 어떤 생명체의 DNA와도 일치하지 않는다니. 눈앞에 있는 동물의 뼈는 다른 차원이나 외계에서 온 생명체라고 된다는 말인가?

실제로 외계에서 온 생명체이거나 아니면 그들이 만든 유전자 공학의 비밀스런 산물이 아닐까 하는 추측이 지배적이라고 한다. 컴퓨터 스캔과 뢴트겐 분석, 수많은 테스트에도 불구하고 이 생명체의 정체는 아직까지 밝혀지지 않았다고 가이드는 설명을 덧붙였다.

"여러분 이제 이쪽을 봐주세요."

가이드가 가리키는 곳으로 관람객들의 시선이 옮겨갔다.

그곳에는 작은 황금색 비행 물체들이 전시되어 있었다.

"이것은 콜롬비아에서 발견된 황금 제트기들로 BC 500년경에서 800년경에 만들어졌다고 추정되고 있습니다. 그리고 이 황금 제트기 덕분에 세계 최초로 오파츠라는 말이 생겨났지요."

가이드의 설명에 의하면 황금 비행체들은 프레잉카시대의 유물이며, 황금 비행체들을 본 이반 T 샌더슨이라는 동물학자가 세계 최초로 오파츠라는 단어를 만들어 냈다고 한다.

오파츠란 Out of Place Artifacts의 약자로 그 시대와 전혀 어울리지 않는 인공적인 물체를 뜻했다.

"또한, 황금 제트기의 모양을 토대로 모형 글라이더를 만들어서 비행 실험에 성공하기도 했습니다."

가이드의 말에 관람객들은 놀란 표정을 지었다.

황금 제트기의 모양대로 비행기를 만들었더니 날아다녔다는 사실에 놀란 것이다.

만약 가이드의 말이 사실이라면 오파츠가 아니라고 할 수 없었다. 약 2,500년 전에 비행기가 존재했었다는 소리와도 같았으니 말이다.

이외에도 미스터리 유물전에는 다양한 고대 유물이 있었으며, 가이드는 관람객들과 함께 전시관 내부를 이동하면서 각 유물을 설명해 주었다.

그리고 가이드는 어느 유물 전시물 앞에서 발걸음을 멈췄다.

"여러분 이 유물은 보시다시피 수정 해골입니다. 수정 해골은 고대 마야 유적지나 페루 등에서 총 12개가 발견되어 있지요."

전시관에 비치된 수정 해골은 총 세 개로 영롱한 빛을 머금고 있었다. 관람객들은 신기한 눈으로 수정 해골들을 바라봤다.

매끄럽게 깎여 있는 수정 해골은 현대 과학 기술로도 저토록 정교하게 제작하기 힘들다고 한다. 그런데 마야 시대에 저런 수정 해골을 제작했다고 하니 놀라울 따름이었다.

그리고 수정 해골에는 재밌는 전설이 하나 있었다.

수정 해골 13개를 한자리에 모으면 인류 멸망을 피할 수 있는 지혜를 알려준다는 이야기였다. 현재 발견된 수정 해골은 열두 개로 마지막 하나만 더 찾으면 인류 멸망을 막을 수 있다고 가이드는 우스갯소리로 말했다.

'재미있군.'

현성은 눈앞에 있는 수정 해골을 바라보며 속으로 피식 웃음을 흘렸다. 확실히 지금까지 보아온 오파츠들은 놀라웠다. 현대 과학 기술로도 해명이 불가능한 고대 유물들이었으니까.

하지만 눈앞에 있는 수정 해골은 여태까지 보아온 유물들과 남다른 면이 있었다.

'전단지와 같은 기운이 느껴진다.'

현성은 흥미로운 표정으로 수정 해골을 바라봤다.

틀림없었다. 며칠 전 전단지에서 느껴졌던 기운과 같은 기운이 수정 해골에서 흘러나오고 있었다.

'대체 이 기운의 정체는 뭐란 말인가?'

전단지와 수정 해골에서 흘러나오고 있는 기운은 어딘가 모르게 익숙하면서도 이질적이었다.

현성은 수정 해골에서 흘러나오고 있는 기운의 정체를 파악하기 위해 마나 서클을 활성화시켰다.

그 순간,

번쩍! 우웅! 우우웅!!

갑자기 수정 해골 중 하나가 찬란한 황금빛을 내뿜으며 진동하는 게 아닌가?

"꺄악!"

"뭐, 뭐야!"

"내 눈!!"

너무나 눈부신 황금빛이 갑작스럽게 나타난 탓에 사람들은 당황한 얼굴로 고개를 돌리며 눈을 질끈 감았다.

일부 사람은 너무 놀란 나머지 비명을 지르기도 했다.

하지만 그들보다 더욱 놀란 사람은 따로 있었다.

'이게… 어떻게 된 일이지?'

현성은 믿을 수 없다는 표정을 지었다.

자신의 마나 서클과 수정 해골이 공명 현상을 일으키고 있었기 때문이다. 현성은 황급히 마나 서클을 진정시키기 위해 정신을 집중했다.

그러자 수정 해골에서 진동이 서서히 잦아들면서 황금빛도 사라졌다. 한바탕 전시관 내부를 휩쓸고 간 황금빛이 사라지자 사람들은 하나둘씩 눈을 떴다.

"뭐야, 이거?"

"대체 무슨 일이 있었던 거야?"

눈을 뜬 관광객들은 어리둥절한 얼굴로 수정 해골을 바라봤다. 안내 가이드 역시 놀란 얼굴이었다.

'마나 서클과 수정 해골이 공명 현상을 일으키다니 믿기지가 않는군.'

설마 마법이 없는 현대 세계에서 마나 서클과 공명하는 물체가 있을 줄이야!

현성은 조금 전에 일어난 상황을 떠올리며 생각에 잠겨 있었다. 그때 한 남자가 현성을 향해 다가오기 시작했다.

"실례합니다."

자신을 부르는 목소리에 현성은 남자를 바라봤다.

세계 미스터리 유물전의 안내 가이드 중 한 명이었다.

"무슨 일입니까?"

"방금 전에 일어난 일에 대해 할 이야기가 있습니다."

"그게 무슨……?"

현성은 의아한 표정을 지으며 대답했다.

그러자 남자는 입가에 의미심장한 미소를 희미하게 지어 보였다.

"당신의 마나와 반응한 수정 해골에 대해서 말이지요."

"……!"

그 말에 현성은 놀랄 수밖에 없었다.

*　　　*　　　*

현성은 이대식이라고 이름을 소개한 안내 가이드 인물과 함께 대형 마트에 있는 카페로 자리를 옮겼다.

카페 내부는 제법 컸지만 조용한 분위기였다. 그곳에서 현성은 창가 옆 테이블에 자리를 잡고 앉았다.

"이제 설명을 해주시죠."

현성은 눈앞에 있는 이대식을 바라봤다.

가늘게 뜬 눈과 입가에서 떨어지지 않고 있는 미소.

그리 쉽게 믿음이 가지 않는 인상을 가진 20대 중반의 사내였다.

하지만 눈앞에 있는 사내는 마나에 대해 알고 있었다.

그 때문에 현성은 그에게서 구체적인 설명을 들어보기 위해 순순히 카페로 자리를 옮긴 것이다.

"저희는 당신과 같은 잠재력이 있는 사람들을 찾고 있었습니다."

"잠재력? 무슨 잠재력을 말하는 겁니까?"

"바로 이런 잠재력을 말하는 것이죠."

화르륵!

순간 사내의 손에서 화염이 팟 하고 나타났다가 사라졌다.

그 장면을 본 현성은 두 눈을 부릅떴다.

그러자 이대식은 자부심이 느껴지는 미소를 지었다.

지금까지 자신이 스카웃을 하기 위해 대상자들 앞에서 능력을 보이면 눈앞에 있는 소년과 같은 반응을 보였다.

하지만 현성이 놀란 이유가 다른 곳에 있다는 사실을 이대식은 꿈에도 모를 것이다.

'믿기지가 않는 군.'

현성은 속으로 믿을 수 없다는 표정을 지었다.

조금 전 사내가 불을 일으키자 느껴진 기운!

그것의 정체는……

"김현성 군이라고 했지요? 또 한 가지 이상한 점을 느끼지 못했습니까?"

이대식의 말에 현성은 주변을 둘러봤다.

확실히 그의 말대로 이상한 점이 하나 있었다.

조금 전 자신이 있던 자리에서 잠깐이지만 화염이 한 번 일어났다가 사라졌다. 하지만 주변에 있던 사람들은 아무런 반응을 보이지 않았던 것이다.

마치 조금 전 화염이 나타났다가 사라졌다는 사실을 전혀 인식을 하지 못한 것처럼.

'이자… 정체가 뭐지?'

현성은 일단 눈앞의 사내의 행동에 맞장구를 치기로 마음먹었다. 조금 전 이대식이 보인 화염 능력은 결코 가볍게 넘길 일이 아니었기 때문이다.

현성은 이대식에 대해 철저히 알아볼 필요성을 느꼈다.

"대체… 어떻게 한 겁니까?"

현성은 능청스럽게도 굉장히 놀란 표정을 지으며 말했다.

그러자 이대식은 다 안다는 얼굴로 현성을 바라보며 입을 열었다.

"이 정도는 아무것도 아닙니다. 오히려 전 당신이 더 놀라워요. 수정 해골이 오늘처럼 반응한 경우는 처음이었거든요."

이대식은 살짝 흥분한 표정으로 현성을 바라봤다.

지금까지 여러 잠재력을 가진 자들을 수정 해골로 탐색을 해왔지만 오늘 같은 경우는 처음이었던 것이다.

대부분의 사람은 수정 해골을 하얀 빛을 내는 정도로 그쳤을 뿐이었다. 하지만 눈앞에 있는 소년은 수정 해골을 크게 진동시키며 찬란한 황금빛을 내뿜게 만들었다.

대체 얼마만 한 잠재력을 숨기고 있는 것일까?

그 때문에 이대식은 애써 흥분감을 억누르고 있었다.

만약 눈앞에 있는 소년을 협회 지부로 데리고 가게 된다면 어마어마한 공적이 될 테니 말이다.

어쩌면 승급까지 될지도 모를 터!

"여기 제 명함입니다."

"명함?"

현성은 이재식이 명함을 내밀자 신기한 눈으로 바라봤다. 지팡이에 날개가 붙어 있는 문양이 깔린 명함에는 이런 글귀가 새겨져 있었다.

마법 협회 한국 지부 소속 마법사, 이대식.

'마, 마법 협회라고?!'

경악한 얼굴로 명함을 바라보는 현성의 귓가에 이대식의 자긍심이 느껴지는 목소리가 들려왔다.

"사람들은 저희를 마법사라고 부릅니다."

현대에 있을 리 없을 줄 알았던 마법사의 존재가 현성의 눈앞에 나타난 순간이었다.

『화려한 귀환』 2권에 계속…

魔 in 화산

FANTASTIC ORIENTAL HEROES

용훈 新무협 판타지 소설

무림공적, 천살마군 염세악!
검신 한호에게 잡혀 화산에 갇힌 지 백 년.

와신상담… 절치부심… 복수무한…

세월은 이 모든 것을 잊게 하고
세상마저 그를 잊게 만들었다.
하지만.

"허면 어르신 함자가 어찌 되시는지……"
우연한 만남, 자신도 모르게 튀어나온 원수의 이름.
"그게… 한, 한호일세."

허무함의 끝에서 예기치 않게 꼬인 행로.
화산파 안[in]의 절세마인, 염세악의 선택!

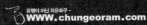

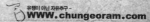

이민섭 新무협 판타지 소설

죽지 못하는 자는 살지 못하는 것과 같다.
그래서 그는 스스로를 무생(無生)이라 부른다.

『무생록[無生錄]』

은퇴한 기인들의 마을, 득도촌
그곳에서 가장 기이한 자는…
은거기인들마저 놀라게 하는 한 명의 청년

"그 무엇도 궁금해하지 말 것!"

부엌칼로 태산을 가르고,
곡괭이질로 산을 뚫는 자, 무생!

흘러 들어온 남궁가의 인연으로,
죽지 못해서 살아온 그가
이제 죽기 위해 무림으로 나선다.

살지 못한 자가 비로소 살게 되었을 때
천하가 오롯이 그의 것이 되리라!

Book Publishing CHUNGEORAM

유행이아닌 자유추구-
WWW.chungeoram.com

FUSION FANTASTIC STORY

천성민 장편 소설

짐승의 규칙

『무결도왕』 『다크로드 블리츠』
천성민 작가의 신간!

『짐승의 규칙』

살아야만 했다.
나를 위해 희생당한 부모님을 위해.
복수를 위해.

죽어야만 했다.
내가 살기 위해 타인의 목숨을.

그렇게……
나는 짐승이 되었다.

Book Publishing CHUNGEORAM

유행이 아닌 자유추구 -
WWW.chungeoram.com